中　国　历　史　物　语

SHUKOTAN by SAKEMI Kenichi
Copyright ©1999 SAKEMI Kenichi
All rights reserved.
Original Japanese edition published by Bungeishunju Ltd., Japan in 1999.
Chinese (in simplified character only) translation rights in PRC reserved by SDX Joint Publishing Company Ltd., under the license granted by SAKEMI Kenichi, Japan arranged with Bungeishunju Ltd., Japan through Bardon-Chinese Media Agency, Taiwan.

# 周公旦

［日］酒见贤一 著

李炜 译

生活·讀書·新知 三联书店

Simplified Chinese Copyright © 2023 by SDX Joint Publishing Company.
All Rights Reserved.

本作品中文简体版权由生活·读书·新知三联书店所有。
未经许可，不得翻印。

**图书在版编目（CIP）数据**

周公旦 /（日）酒见贤一著；李炜译 . —北京：
生活·读书·新知三联书店，2023.10
（中国历史物语）
ISBN 978-7-108-07533-8

Ⅰ . ①周… Ⅱ . ①酒… ②李… Ⅲ . ①历史小说－日本－现代 Ⅳ . ① I313.45

中国版本图书馆 CIP 数据核字 (2022) 第 202268 号

| | |
|---|---|
| 责任编辑 | 李静韬 |
| 装帧设计 | 康　健 |
| 责任印制 | 卢　岳 |

出版发行　生活·讀書·新知 三联书店
　　　　　（北京市东城区美术馆东街 22 号 100010）

| | |
|---|---|
| 网　　址 | www.sdxjpc.com |
| 图　　字 | 01-2019-6515 |
| 经　　销 | 新华书店 |
| 印　　刷 | 河北品睿印刷有限公司 |
| 版　　次 | 2023 年 10 月北京第 1 版 |
| | 2023 年 10 月北京第 1 次印刷 |
| 开　　本 | 889 毫米 ×1194 毫米　1/32　印张 6.125 |
| 字　　数 | 110 千字 |
| 印　　数 | 0,001－6,000 册 |
| 定　　价 | 48.00 元 |

（印装查询：01064002715；邮购查询：01084010542）

## 目 录

导论 ······ 1
序言 ······ 11
第一章 ······ 15
第二章 ······ 27
第三章 ······ 52
第四章 ······ 75
第五章 ······ 94
第六章 ······ 127
第七章 ······ 142
第八章 ······ 182
主要参考文献 ······ 191

# 导　论

　　《周公旦》究竟是历史小说？还是幻想小说？

　　如作品中所述，周公旦被誉为"中国历史上屈指可数的圣人"，甚至会出现在"孔子的梦中"。但在当下，周公旦在《封神演义》中登场的文官形象似乎更加脍炙人口。

　　《封神演义》是与《西游记》《水浒传》并列的中国杰出的传奇小说，但由于在日本被译介的时间较晚，长期以来并不被大众熟知。不过，在藤崎龙的漫画引发的热潮推动下，《封神演义》已是家喻户晓。其主要故事情节，如周文王（之后武王继承了父亲的遗志）和姜子牙（太公望吕尚），为了推翻因被妖狐化身的妲己魅惑而变为暴君的殷纣王，发动了"殷周革命"，在战斗过程中还有仙人及道士的加入……估计大家早已耳熟能详，在此不再详细说明。

　　在这场史无前例的历史剧中，周公旦（姬旦）绝非表现突出、惹人眼球的人物。当然，他也曾活跃在战场，为保护哥哥武王指挥过"退却战"，但大多情况下，他是作为周的文官及祭祀官员出场的。因此,《封神演义》中,周公旦的精彩场面并不多,能想到的,只有在姜子牙击退殷讨伐军之后要乘胜向殷首都进军时诵读祝文,以及殷灭亡后建立祭坛宣读祝文的片段。

《周公旦》从周武王的时代拉开故事帷幕,那正是周正要反攻殷的时候。故而其中有不少与《封神演义》重叠的故事情节,如太公望吕尚出征之际,武王宣读周公旦起草的《太誓》和《牧誓》的场面等。但在《周公旦》中,既没有像《封神演义》那样出现仙人和妖魔来搅动故事的进展,也没有妖术和仙器登场。从这个意义上讲,它可以看作是正统的历史小说。

但事情并非如此简单。我想再次将关注点集中在吕尚出征之时武王宣读《太誓》的情节,而《太誓》是由周公旦起草的。

武王宣读的《太誓》,并非像现在这样形式化的檄文。由于周一直向殷施以臣下之礼,那场战斗也就带有弑杀主君的负面性质。然而,"周公旦起草的这篇文章具有魔术般的心理效果,能够从众人的内心之中消除杀主的愧疚感。语言相异的部族或许无法透彻理解具体的含义,但与意义相辅助的是充满力量的声音组合"。《太誓》毋庸置疑具有"咒文"的效果。

《周公旦》中提到,周公旦的这种能力是"使用言灵和文字的咒术",而周公旦之所以被众人敬畏与重视,"其中一个重要原因,就是他拥有撰写预测文的咒术能力"。换言之,《周公旦》不仅描写了辅佐周武王的政治家周公旦,还特别强调了作为巫术者的周公旦(在古代中国这与政治具有不可分割的关系)。而且,作品中的咒术并不是作为象征或寓言,而是被描述为能够实际表现效果(物理性、心理性)的东西。当然,这与《封神演义》中可以轻松运用仙术的仙人们不是一个层次,但《周公旦》将超自然现象描写成了极为普通的事情,在此意义上说,就带有了幻想的一面。

仔细想来,酒见贤一确是一位不可思议的作家。

众所周知,酒见贤一凭借《后宫小说》(1989年)获得了第一届日本幻想小说大奖,从此开始登上文坛。尽管《后宫小说》的故事舞台是融会了中国及中东文化的虚构王国,但其中丝毫没有出现魔法和咒术等超自然现象。这部幻想小说中构建的历史,与李自成起义等明末清初的历史事实相互重叠,整个作品的构成凸显了自由穿插虚构和现实的传奇手法。

有人说,处女作能够体现出作者的思想。关于此类说法是否恰当的问题,估计会存在不同的意见。但这句话完全概括了酒见贤一的特点。比如,在以孔子最喜爱的弟子颜回为主人公的《在陋巷》(全13卷,1992—2002年)中,推动故事进展的主线索,是孔子的政敌少正卯及其弟子对孔子一门展开的激烈咒术战（确切地说应是精神战术），但对于相关史实并未有任何的改动。虽是幻想故事，却具有作为历史小说的支撑点。从这个意义上而言，《在陋巷》是继承并发展了《后宫小说》方法论的作品。

如此想来，在文本构建中将历史小说与幻想的要素相互融合、互为补充的《周公旦》，可以说是完美体现了酒见贤一文学世界的作品。

从现代性小说及流派概念来看，酒见贤一创造的方法具有独特性。但若回顾小说的历史，则可以发现这种方法并非多么独特。

日本的近代小说，以坪内逍遥的《小说神髓》（1885—1986年），以及在逍遥理论的启发下诞生的诸多小说为开端。对此大家应该没有异议。逍遥摒弃了江户时代消遣性质的戏剧及稗史，认为"《八犬传》中塑造的八犬士的人物形象，只是仁义八行的化身，并非真正的人。（略）在评论以劝善惩恶为主要目的的《八犬传》时，可以将其认定为东西古今无与伦比的好稗史。但如果以人情为主脑来评价，则很难称之为无瑕之玉石"。坪内逍遥在此基础上，提出了新时代小说的立脚点，即"小说主旨皆在人情世态"。

逍遥从小喜爱江户时代的戏作文学，虽说是为了提出适合新时代的小说概念，但将泷泽马琴的《南总里见八犬传》等作品断定为旧时代的遗物，确实有"挥泪斩马谡"的意味。然而，逍遥的影响力无法估量，日本近代小说的系谱就是沿着《小说神髓》的宗旨及方法论发展起来的。

但是，逍遥在《小说精髓》中将西洋文艺概念"Novel"译成了"小说"一词，这同时也极具讽刺意味。这样说，是因为中国文学中的"小说"一词，专指用散文体撰写的稗史及街谈巷议的作品。如果想到芥川龙之介的《杜子春》（1920年）、中岛敦的《山月记》《名人传》（皆为1942年）等，应该就能够了解中国式"小说"观。从根本上说，"小说"与逍遥提倡的"人情世态"写实，实际上是彼此对立的概念。

金文京在《小说》(收入兴膳宏编『中国文学を学ぶ人のために』，1991年)中，对中国的小说史进行了如下说明：

在欧洲，可以发现从神话到英雄叙事诗，再到小说的文学史流变，但在中国，至少在表面上不存在这样的发展脉络。然而，虽然会经历诸多变更，神话和传说依然对后世文学有深远的影响。比如《史记》和其他史书相比就格外有趣，且富有文学性。原因之一，在于司马迁根据其独到的历史感觉，将神话以及当时具有浓厚传说色彩的口传资料纳入记述。这也构成了《三国演义》等后来所谓"讲史小说"的源流。

堪称中国史书正典的《史记》，包含了神话、传说的要素，继而成为在日本也拥有绝对人气的《三国演义》的源流。由此完全可以说，中国文学中的"小说"系谱，原本具有将历史记述与幻想融合的特征。而这样的"小说"概念，在西洋文学史及近代日本的小说中均无法看到。虽然我孤陋寡闻，对现代中国文学也并不熟悉，但如若阅读金庸、古龙等武侠小说家的作品，可以发现中国文学意义上的"小说"确实继承了自古以来的传统。

在日本，像泷泽马琴、山东京传这样的江户戏作家，特别是在读本、合卷等长篇传奇小说中，应该是继承了从中国直接输入的"小说"概念。但这种传统，在逍遥《小说神髓》的影响作用下曾一度中断。

酒见贤一在《周公旦》中写道："神话传说中必然包含某种事实，这既有可能是对精神而言的事实，也有可能是对历史而言的事实。"作为具体例子，贤一举出姜原在原野上发现巨人足迹后怀孕并成为周朝起源的神话，"所谓巨人的脚印，当然是指出色的男人""在野外多次幽会"的事实，被象征性地重新解读，并与超自然的传承相结合。这之中包含用现代"合理精神"去分析神话的视角。但不能忽略的是，酒见贤一并未将传说作为妄言而舍弃，不仅如此，他还在努力思考一个族群代代传承的某种神话的意义。

酒见贤一认为"神话传说"是"史实与象征交相混杂的

叙事诗",而此部作品正是体现了他自己的"小说"世界。在运用现代逻辑及科学的同时,这部作品将"小说"与前现代的原始力量直接关联起来,从而营造出一种"反差乐趣"。

毋庸置疑,酒见贤一的创作参照了早于逍遥的"小说"概念,但这并非单纯的复古兴趣。更为重要的是,其创作明显体现出一个特点:在遵循史学界最新的研究成果的基础上,构建"虽旧却新"的"小说"。另外,这与作者的想象力也密切相关。

关于周公旦使用的"礼",《周公旦》中说明道:"不仅包括古代中国的宗教及道德规范,甚至涵盖整个社会体系。"后来的儒教将"礼"发展为"仁义礼智忠信孝悌"等道德观念,而本书的"礼",则是更具原始力量的富有活力的"东西"。

正因为如此,作品中登场的以"礼"为基础的魅惑性咒术,作为确实具有效果的一种"技术",表现出绝对性的实际存在感。显然,酒见贤一通过将咒术定位为周公旦生存时代的必然产物,在逻辑上阐释了咒术产生效果的过程。将咒术等超自然现象逻辑清晰地加以说明,也是酒见贤一作品的一大特征,其中蕴含着的无限想象,能让我们脑海中浮现出遥远时代的文化及传统,而当时并未像现代一样区分迷信与科学、咒术与政治。

说到咒术与科学若即若离保持关联的时代,估计大家会想到古代中国,或者是安倍晴明活跃的日本平安时代。但实际上，那个时代并非离我们如此久远。

铃木光司《午夜凶铃》（1991年）中的山村贞子，已经成为全世界尽人皆知的女主角。贞子的母亲志津子，曾作为超能力者进行过千里眼实验，后来因欺骗行为的暴露而遭到了世人的指责。实际上，志津子的人物塑造是有原型的，那就是在福来友吉[1]的手下进行千里眼实验的御船千鹤子。在明治末期，比千鹤子还受关注的超能力者是长尾郁子。关于郁子超能力的实验，最初由福来等心理学、哲学领域的文科学者推进，后来物理学者山川健次郎也加入了。山川是日本物理学界的重要人物，曾任东京帝国大学校长、九州帝国大学校长。山川参加郁子的超能力实验的背景，是伦琴发现了X射线（1895年）、贝克勒尔发现了放射能（1896年），进而引发了世界规模的寻找"未知射线"的竞争。但是，郁子的超能力实验最终结束时，既谈不上成功，也不能说是失败。一系列的千里眼热潮，在1911年随着千鹤子自杀及郁子病死而终结。

这个事件以后，日本的物理学界不再涉足千里眼那种不可靠的事情，物理学等自然科学作为专门的学科体系得以确立，并逐步细化。由此可知，至少在明治末期之前，科学和迷信并没有特别明确的划分。从此意义上说，不论是牛顿

---

[1] 福来友吉（1869—1952），日本心理学、超心理学学者。

研究炼金术，还是柯南·道尔对现在一眼就能看出是造假的妖精照片信以为真，这些并非匪夷所思的事情。而泉镜花则因为过于相信言灵，还会将写在包装纸上的文字剪下来仔细保存。

当今社会崇尚现代合理主义，连一个世纪前的文化及传统都被忘却了。在这样的社会中，酒见贤一总是着眼于合理与不合理的交接点。《叙述者的情况》（『語り手の事情』）描绘了西欧近代社会中"合理－不合理"的关系，对此已无需赘言。酒见贤一的这种想象力，"真实"再现了并未明确分离"合理－不合理"的古代社会（如果按现代价值标准来看），实现了将历史与幻想的有机融合。

《周公旦》确实植根于以消遣为主的"小说"传统，但阅读此书的当然是现代读者。正因为如此，书中随处交织着现代的信息。

早从山冈庄八的《德川家康》（1958—1968年）开始，历史小说常被作为经济指导书阅读。《周公旦》中也包含着经济类图书中有可能作为格言出现的语句，如"若有一位伟大的父亲，他的儿子确实会异常辛苦。不论是怎样的公司或集团，第二代总要承受众人挑剔的目光。武王为证明自己确实继承了文王的天命，也具有能与文王匹敌或者超越文王的能力，一直在不懈地努力"。由此可知，本书也继承了传统的历史小说的模式（尽管包含诸多的滑稽化要素）。

但是，酒见贤一在此想探究的并非这些表层内容。

《周公旦》前半部分的焦点是周公旦和太公望吕尚（不同于《封神演义》中的姜子牙，此书出场的吕尚，是一位年长且富有谋略与野心的凡夫俗子）的政治角逐，后半部分主要讲述了在政治斗争失败后，周公旦流亡楚国的故事，而楚国对于中原人而言完全属于蛮族的汇聚地。

奔赴楚国之后，周公旦接触了当地的"礼"，并意识到彼此之间"礼"的差异，"我们的祭祀活动是为了镇魂静魂，而南人的祭祀活动是为了激发魂魄，使其复活"。不过，周公旦"对楚地祭祀没有丝毫的厌恶之感"，并通过"楚地祭祀"想到了周朝"祭祀"应有的状态。

这里体现了理解异文化，并通过异文化改变自身的应变态度。而且，故事最后还这样写道，"在中国历史上，从未有过单一的民族持续掌控政权"，"只要有礼就能实现正常国交"。

现如今，理想的多元文化主义正在被强国的一国统治掩埋。尊重他人的价值观，通过接触异文化来反省自身价值体系的谦虚态度正在逐步丧失。而恰是因为处于这样的时代，我们才不应忘记，周公旦追求的形式化之前的"礼"之真谛，会作为现代问题"真实地"出现。

末国善己

（原载《文艺评论家》）

# 序　言

　　周公旦是殷周革命的核心人物之一，被誉为中国历史上屈指可数的圣人及政治家，深受孔子的敬仰，甚至曾频繁在他梦中出现。笔者对周公旦感兴趣，倒也并非出于这些理由。

　　周成王是周公旦的亲侄子，同时也是他的主君。据说周公旦在遭受成王猜忌险些被杀之时，果断地逃往楚地，而笔者的兴趣点恰恰在此。逃亡地为何会是楚？我对此深感疑问，是因为楚对周而言几乎算是敌对国，堪称"周朝超级VIP"的周公旦如果逃入楚地的话，未免过于危险。

　　鲁国本是周公旦的封国，作为逃亡地最为安全，但他并没有选择鲁。如若担心鲁的国力不足，完全可以请求太公望吕尚将他藏在齐国。召公奭的燕国也不错。眼皮底下的郑国，说不定也会超乎预期地安全。西边的秦地虽属蛮地，估计也生活着和姬姓有关联的人（即便亲疏程度不同），应该也有诸多的门路。

周公旦

但是，周公旦逃到了楚。楚地是巫师的王国，居住着极度野蛮的南人，他们对周朝的建立不会感到欢悦，此后也没有要服从周的打算。打个比方，就像是发达国家的新兴政权的二号人物，为了躲避政治争斗专门逃到了危险落后的敌国，对此只能用"不要命"来形容。估计周公旦逃往楚地的时候，对这种情况一清二楚，可他为何还会选择楚作为亡命地？他在楚究竟做了什么？关于这些问题，《史记》等书籍均未提及。

关于周公旦，还有非常重要的一点，就是他是神官，精通法术。他曾实施祈祷武王、成王病愈的医疗法术，奉上祝词，甚至打算为此献上自己的生命。周公旦是西岐文王（西伯、姬昌）的四子，武王姬发的弟弟，原本是出身名门的贵人。如果是太古时代的具体情况不得而知，当时即使巫师能够担任大王，也会被杀害。但在周公旦的时代，至少贵人已不再亲自实施法术。在已有专人从事神秘领域工作的社会环境下，周公旦竟然亲自实施法术，这件事本身就具有不同凡响的意义。而且，周围人对周公旦的此类行为似乎并未感到任何的不可思议。

在《尚书》等著作中能够看到的周朝发布的重要文章，据说基本都由周公旦起草。在当时，能够撰写文章本身就被看作值得敬畏的法术行为。顺便提及，还有一种说法，认为周公旦和其父文王一同编写了被誉为中国密教精髓的《易经》。

另外，周公旦最大的功绩在于对"礼"的整理与改编。关于何为"礼"的问题，难以三言两语解释清楚，笔者在参考诸多资料的基础上得出了如下结论："礼"实为体系庞大的社会准则，不仅包括古代中国的宗教及道德规范，甚至涵盖整个社会体系。在后来的儒教中，"礼"成了"仁义礼智信孝悌"等道德准则之一，意思被固定为礼仪和礼节，当然，这也确实是"礼"的一部分。

孔子体系的儒教，将"仁"作为最高道德，将"孝"作为最高道义。宋学中，"仁"为道德中心，甚至成了涵盖一切的概念。然而，"义智忠信孝悌"原本是被包含在"礼"之内的部分，而不是包含"礼"。"仁"是孔子为了表达自己理想中难以表述的新理念而采用的特殊词语。完全可以说，这些概念原本就包含在"礼"中，为何后世的学者总将如此简单的事情颠倒呢？笔者才学疏浅，对此深表疑惑。要想探究此类问题，看来有必要重新追溯堪称中国唯一之正统学问的"经学"的历史。

道德伦理、祭祀活动、祖先供奉、历史、人在集团内的尊卑等级等，所有的一切都包含在"礼"中。"礼"是儒教、黄老之学、仙道、方术及民间宗教的母体。据史书记载，周公旦对"礼"进行了改编。但只要对"礼"的具体含义略加思考即可明白，"礼"的改编，实际上是与建立国家相匹敌的重大事业。

周公旦

　　为了推行治国平天下的政治，周公旦专门将夏殷的古礼进行了更为精密的体系化分类，将"礼"作为服务于政治的工具。我们只能将周公旦定义为稀世奇才，拥有完善"礼"的超凡能力，或者说他才是真正的圣人。

　　孔子敬慕的对象既非文王也非武王，进而向前追溯的话，也不是尧或舜，更不是伊尹或太公望吕尚，而是周公旦，笔者认为原因就在于此。孔子最后选择的亡命地也是楚国，估计他肯定熟知周公旦的故事。

　　言归正传，笔者最初对周公旦感兴趣，就是因为对他逃亡楚地的举动感到不可思议。

# 第一章

文王死后，武王即位，九年之后，武王（他自称"太子发"）宣布出兵伐殷。

当时武王将文王的牌位供奉在车上，置于中军，表示此次发兵是已故文王的意思。这说明武王对自己的威望尚无自信，同时对讨伐能否成功也缺乏把握。这个时期的武王，尚需文王的威光辅助。

或许是一种测试，或者说是赌注。作为殷朝臣子的西伯，要征讨本为主公的纣王，不论出于何种理由，均属叛逆行为。四方诸侯及各部落对此能否容忍？尽管私下已提前与各方沟通，也获取了一定程度的承诺，但武王依然深感忧虑，担心会有反对者出现。

行军途中，王弟周公旦一直处于冥想之中，他闭着眼睛，任凭车辆摇晃。为了支撑西岐对殷朝的战争，周公旦殚精竭虑地治理国家。而一旦到了征战阶段，负责内政的官员就成了无用之人，他认为可以将所有的军事活动委托给其他大人。在军事方面辅佐武王的有太公望吕尚、召公奭、毕公等，可谓人才济济，交给他们，大可放心。

由战车、步兵组成的长长的行列，可以说是动员了周全部的力量，再加上各地部族诸侯的加入，军队力量愈发庞大，目标直指孟津（盟津）。太公望吕尚提前以武王的名义发布了强制出兵的号令："总尔众庶，与尔舟楫，后至者斩。"

此种貌似强劲的势头不知究竟是吉是凶，武王愈加不安。

行军突然停止，前面传来一阵喧嚣声。周公旦睁开眼睛观望前方。

两位老者拦住了武王的车，似乎要控诉什么，他们挣脱了护卫士兵，正抓着武王的马辔谏言。

"失礼失礼，恕我直言，父死不葬，爰及干戈，可谓孝乎？以臣弑君，可谓仁乎？"

"什么人？"

两位老者自报姓名，是伯夷和叔齐。两人的进谏内容，正是武王最为心虚的地方。

周公旦依然在一旁的车子上观望，他听说过伯夷和叔齐的名字。在河北有个小国孤竹，国主被称为孤竹君。孤竹君原本有三子，伯夷和叔齐分别是长子和末子。按孤竹国的规定，会根据具体情况由长子或者末子继承王位。而伯夷、叔齐两人互相谦让，最后竟都放弃了成为国主的机会，一起出走。如此一来，中间的儿子就成了孤竹君。之后，伯夷和叔齐一度流浪四方,他们奇特的行为及无欲的性格也在诸侯及百姓之间流传,成了大家口中的仁义之士。

伯夷和叔齐年事已高,孤竹国局势稳定,于是想寻找能够安度晚年的安身之处。他们听说文王西伯昌治理的位于岐山脚下的周善待老人,于是打算投靠文王。然而到达此处时,文王已驾崩,两人不仅未能与文王会面,且恰逢武王正要起军讨伐殷朝。伯夷和叔齐便按捺不住仁义之血,冒死挡在了武王面前。

血气方刚的武王被人戳中痛处,立刻火冒三丈,不安随即转化成愤怒,立刻命人斩杀两位老人。

周公旦想阻止兄长,刚要着急下车,却发现已没有这个必要。

太公望吕尚抢先拦住士兵,对武王说:"此乃义士。如若现在斩杀伯夷、叔齐,国君将会在天下人面前失去声望。"

吕尚对武王而言,既是稀世良师,亦是神机妙算的军师,他拥有无限渊博的知识和智谋,文武双全,政略战事无所不通。

武王顺从地说:"既然师尚父如是说,那就照办。"太公望吕尚被尊称为师尚父。

伯夷、叔齐被士兵礼貌地驱逐走了。这一场面让周公旦不禁怅然,也可以说有所警觉。他暗想:"啊,原来师尚父也想攫取天下,或者至少有此类想法。"

周公旦对此早有怀疑，只是今日得以确认。吕尚成为西伯昌的家臣以来，为了西岐呕心沥血，他的付出超乎寻常，功劳之高亦不可衡量。

因为实在无从猜测吕尚为何如此鞠躬尽瘁，而对他的付出应该给予何种回报，估计武王也是犹豫不定。不起眼的赏赐根本不够，但若是给予等值的奖赏，那就只能将全天下的土地和臣民拱手相送。周公旦也清楚，以吕尚对周做出的贡献，他完全有资格获得这些。

太公望吕尚也希望成为王者，这没有任何不可思议之处。吕尚仅凭一句话就救下了命悬一线的仁义之士伯夷和叔齐，此事很快会被四处传扬，说不定这件事情本身就是吕尚事先安排好的。

虽然周公旦觉得，吕尚应该不至于专门怂恿伯夷、叔齐阻挡东进的军队，但对吕尚而言，这等小计谋运用起来绝对轻而易举。

"如果我的观察无误，那就麻烦了。师尚父若有此种打算，必定会发生争斗，实在令人担忧。"正因为想到这些，周公旦才会怅然若失，内心感叹。

不过，周公旦又觉得自己的担心是杞人忧天，因为有兄长武王在。武王虽然不及文王，但拥有超凡的能力，在才能及气度上可与文王匹敌，不足的只是经验和功绩。只要武王能够巩固自己的地位，即便是吕尚也无法轻易推翻。此时的周公旦，并未过于重视这个问题。

周公旦认为，自己挡在吕尚面前与其对抗的日子不会到来，因为吕尚被文王重用时已是七十二岁，现如今已年过八十。如此高龄尚能往来于战场，这件事情本身已堪称奇迹。但不论吕尚的肉体如何健壮，只要他不是不死之身，他的生命自然会有终结，也绝不可能死在武王之后。而如果说吕尚有夺取王位的机会，只能等武王不在人世的时候。

孰料武王在灭殷并完成周朝建国大业后，竟然匆匆离世。此时此刻的周公旦万万没有料到，在行军途中掠过脑海的猜忌与忧虑将很快变为现实。但现在，因为殷朝这个急待推翻的强大对手就在眼前，尚无暇顾及将来的事情。

天下归周之后，伯夷、叔齐耻食周粟，坚决抗拒，隐居于首阳山，感叹"于嗟徂兮，命之衰矣"，最终饿死。

后来孔子在《论语》中数次提及伯夷、叔齐，对二人的评价极高。

他的弟子子贡曾问："伯夷、叔齐何人也？"

孔子答："古之贤人也。"

子贡进而问道："怨乎？"

孔子答："求仁而得仁，又何怨？"

所谓得仁者，是最高的君子，或许就是圣人。孔子认为伯夷、叔齐即是这样的人。

还有一些说法，如"伯夷、叔齐，不念旧恶，怨是用希"，"伯夷、叔齐饿于首阳之下，民到于今称之"等。

伯夷、叔齐的传说，自孔子的时代就被诸侯及百姓熟知，且广受赞扬。

但是，孔子对导致伯夷、叔齐死亡的原因，即周朝的不义之举却只字未提。对孔子而言，周朝体制是绝佳的理想状态，故而对于导致义人饿死的革命战争，或者说对于文武之治，孔子不可能加以否定。这就是所谓的两难命题。

史学家司马迁也应该对此存疑。作为前汉主君汉武帝的臣子，司马迁或许将伯夷、叔齐的故事与自身的经历进行了类比，所以将二人的传记放在了《史记》诸列传之首，并在言语中流露出对天意的不信任，曾质问"天道，是邪非邪"。司马迁认定伯夷和叔齐二人心中带有怨恨。

在司马迁看来，自周朝建国，事实开始从神话传说的迷雾中显现——用今日的说法，即作为科学的历史，开始能够记述经得起验证的史事了——因此，将伯夷列传置于列传之首。据司马迁的说法，历史从一开始即已是"天道，是邪非邪"。

"天（或者可以替换为神）的所作所为总是正确的吗？还是并不正确？"这个问题摆在了人类面前。

不论是孔子最为尊崇的周公旦,还是文王、武王,抑或是太公望吕尚,都同样要面临这类问题。

"伯夷和叔齐吗?真是不合时宜的仁义举动,不会不吉利吧?"召公奭低语道。

吕尚说:"没关系。"

召公奭点点头:"也是,此次并非真正开战,不会有老人们所说的不义之举。"

周公旦沉默不语。是的,此次发兵虽然势头不小,但并没有开战的打算,几位大臣对此心知肚明。

也许周公旦曾反对此次的发兵。这是太公望吕尚的献策:"此次出兵的目的并非直接攻打殷,而是一种示威,同时也是为了观察诸侯与各方势力究竟是敌是友。"

武王对吕尚的深谋远虑也是半赞同半反对。他认为周完全可以彻底打倒商王朝和纣王,但对其他势力是否完全归顺周,依然存有一丝不安。虽说殷朝国力衰弱,但兵力依然是周的十余倍。如果再遭到殷朝联盟势力的腹背袭击,恐怕一场战役就足以让西岐联军陷入毁灭的危机。

武王最终接受了吕尚的计策。不论是在文王在世期间,还是在文王去世后的这几年,吕尚几乎参与了所有军事活动的谋划及指挥工作,且悉数获胜,他卓越超群的军事谋略从未落空、失败。

周公旦非常清楚吕尚这一军事谋略的意义,但他依然反对。因为在他看来，不战而返的出兵过于浪费。出征过程中，周的生产力会直线下降，不仅如此，战争所需费用会导致经济的负增长。既不攻也不打的出兵，只能说是浪费行为。而且，出兵前需要重新储备大量物资。周公旦为辅相之职，负责周朝的内政管理，比一般人会有更深的感触。

另外，举着父亲文王的木主去试操人心的做法，在周公旦看来于礼不合，不能算是孝行。既然不是孝行，就不应该施行，这绝非正义之师的做法。听了周公旦的意见，太公望吕尚说道："叔旦（指周公旦）或许会认为，熟柿自然落地，但事实并非如此。殷的确像熟柿子，早晚会落地，但并不能知道具体的时间。如果考虑到周朝的强盛势头，关键要由我们主动去摇晃树干或用木棒捅戳。而且，说不定还会从什么地方跳出一只猴子，趁人不备把熟柿子抢走。"

殷曾多次派遣军队讨伐西岐，但都在吕尚的抵挡下落败而归。吃尽苦头的殷朝，短期内应该不会再向西岐派兵。吕尚主张，既然对方后退，我方就应前进。

"所以，我们必须采取行动。"

此次出兵相当于摇晃树干。摇晃一两次也许柿子不会落地，但绝非无用之功。在吕尚看来，周公旦只关注眼前的用度，并没有着眼大局。

# 第一章

武王及召公奭同意了吕尚的方案。周公旦心里清楚,在军事方面,自己远不及吕尚,只能说道:"既然如此,那就这样吧。"

之后周公旦没有再提出异议,也许只会偶尔露出略显忧郁的神情。

后来楚人屈原在《天问》中曾这样吟唱:

> 列击纣躬
> 叔旦不嘉
> 何亲揆发足
> 周之命以咨嗟

对前两行诗句,可以解释为:"武王要起兵伐纣,周公旦并不赞同。"

对后两行诗句,注释者们给出了各类解释,其中,博学的朱熹慎重地给出了"不太清楚"的结论。在此姑且可理解为:"(明明不赞同,)周公旦为何会和武王共谋成事,并制定周之天命来赞美呢?"

也就是说,周公旦是灭殷计划的主要责任人之一,但推翻纣王后也认为这样做并不合适。既然如此,为何要发动征战?最初完全可以选择放弃。周公旦或许曾经反省,认为此事不妥,但最终也只是恭祝周朝能稳如磐石。

屈原以诗人的直觉,对讨伐殷朝时周公旦的内心活动发出了疑问,指出周公旦处于矛盾纠结之中。然而,屈原或许疏漏了一点,就是最关键的计划责任者是太公望吕尚——也许是屈原故意无视他的存在来责备周公旦——因此,从诗歌的立场看,屈原自始至终都认为纣王之死的责任人是武王和周公旦。

正如屈原所指出的,在出兵攻打殷朝的时候,周公旦的态度始终是"叔旦不嘉"。

武王的大军到达孟津时,据说跟随的诸侯已达八百。其中大部分人并非严格意义上的诸侯,确切地说,只是分布在西部至中原一带的部族首领。其中,有的曾经深受殷朝的迫害,有的希望能够尽快归于周朝旗下以获得更高职位。总之,附近的中小势力大多聚集在了一起。看到他们争先恐后地从四方聚来,武王放心了。

孟津,如其名所示,原本是紧邻黄河的"津"(渡口),过了此地,就可进入殷朝腹地。

"杀纣王!"

身在朝歌(殷的首都)的人们,会不会听到西岐联军的呐喊声呢?

在这个时候,吉祥的兆头频繁出现。

大军行至黄河中流时,一条白鱼跳入武王的船中。代表

## 第一章

殷朝的白鱼,主动来到武王身边,并成了砧板上的食物。从占卜角度看,现在的殷,只不过是等待武王料理的祭品。这是吉祥的征兆。

渡过黄河之后,武王在营中看到下游出现了一个火团,它直升上游后再次下行,在武王面前变成了赤红色的乌鸦,发出了祥和的鸣叫声。从占卜角度看,乌鸦被认为是孝鸟,赤红是象征周的颜色,既然赤红乌鸦在安心地鸣叫,说明武王对亡父尽了孝道,并继承了父王事业,周朝必将繁荣昌盛,这也是吉祥之兆。

进行占卜的是周公旦,但不用说,他的表情是"不以为嘉"。因为这些所谓的祥瑞只是小手段。然而,吉兆之事却在军中广为传播,众人也由此相信,接下来的对殷之战必将大获全胜。

"相当于大功告成了。"众人无比兴奋。

但让众人出乎意料的是,武王态度一变,提出撤军。

"天命尚在殷。现在不可讨伐。"

于是,武王率领的周军拆掉营地,开始迅速撤离。部族诸侯的联合军只能一起撤退。

此次出征的最初计划就是不战而归,但对于不知情的人而言,肯定难以理解突然撤兵的行为。

"难道是太子怜爱殷朝百姓?或者是要等待殷朝改过自新?"

"不是吧,太子行事慎重,虽说殷已是朽木,但也未必能用斧头轻易砍动。太子和太公望与我们不同,他们有深谋远虑。"

不明真相的人们带着各种猜测,纷纷踏上了归途。

如此一来,吕尚和武王完全达到了目的,但周公旦依然无法"以为嘉"。

# 第二章

周公旦姓姬,名旦,被称为叔旦,后因职位关系被称为太师,亦有周公的称号,是文王的第四子。

文王姓姬,名昌,在殷朝统治下曾统领西部,故而被称为西伯,死后被追谥为文王。周原为西岐的中等属国,在文王的治理下国力昌盛,势头几乎要凌驾于殷朝之上。再加上当时殷商王朝正逐步衰败,周文王最终成了大家公认的"受天命者"。

据说文王的长子是伯邑考,当然也姓姬,名字却不详。当年文王因被纣王猜忌,幽闭在羑里,伯邑考设法营救却遭杀害。不仅如此,他的肉还被烹制在文王的膳食中。文王对此心知肚明,却假装有滋有味地吃掉了亲生儿子的肉。这应该并非单纯的传说。

不过,文王在食用伯邑考的肉时,是否压抑着愤怒和泪水呢?对此实际尚有疑问。食人风俗在殷朝还有可能是一种不可缺少的"礼"。有资料证明,食人风俗甚至一直延续到春秋战国时期。对古人而言，吃人肉有时是神圣的仪式，且被食用者会在食用者身上活下去的思想较为普遍。后来，周公旦将食人之仪从"礼"中去除，可以推测，他将接受死者生命的仪式改换成了其他的形式。

死于非命的伯邑考为文王的长子，次子就是武王，姓姬名发，自称太子，众人也这样称呼。他实际上是周王朝的初代主君，死后谥号为"武"，称周武王。

文王的三子名鲜，后来受封管国，故被称为管叔。因为对周公旦不满，曾发起反叛。

文王的四子即周公旦，后来受封鲁国，因国事不得不留在都城，于是让儿子伯禽代替他去了鲁地。周公旦一生没有踏入鲁，但为了弘扬他的遗德，鲁作为特例被允许可以有天子的礼乐。

文王的五子名度，因受封蔡国而被称为蔡叔，曾和管叔一同造反。

据《尚书》记载，文王之子下面还有振铎、武、处、封、丹季戴等。他们各自获得封地，被委任了职务。兄弟十人中，只有姬发和姬旦较为贤明，是文王的左膀右臂。文王应该也有女儿，但史料中未见关于这些女性的详细记载。

周王朝成立后首先面临的就是封赏问题，特别是那些和王室没有直接血缘关系的大人物应该给予何等赏赐。其中最大的功臣当属太公望吕尚，其次还有召公奭、毕公。吕尚被封在营丘，召公奭被封在北燕。顺便说明，有关毕公的记述较为含糊。据有些史书记载，文王共有十五个儿子，毕公是他的第十五子。如果真是如此，那他应该是公子，但《尚书》记载的十子中并不包含他。据另外一些史书记载，因为他被封在毕地，所以被称为毕公。毕是文王坟墓的所在地，毕公估计也是一位有隐情的人物。

武王还决定给古代圣王的后裔分封土地，或许是参考了周公旦的建议，如神农的后裔、黄帝的后裔、尧帝的后裔、舜帝的后裔、禹王的后裔等。这些神话传说人物的后裔虽有不可信之处，但武王依然慷慨分封。

处理战后事宜时，武王并未将商王子孙斩尽杀绝。殷原本国号为"商"，迁都朝歌之后改为"殷"。虽然纣王令人憎恨，但武王宽恕了他的儿子武庚禄父，并给予领地。商王家延续了圣人汤王的血脉，不应让这一血统断绝。这种处置方式，却在后来给周公旦带来了巨大的麻烦。

再回到刚才的话题，武王突然中止了第一次讨伐殷朝的行动，带领军队回国，并在两年后发动了第二次讨伐。

如前所述，第一次讨伐撤军，是出于太公望吕尚的深谋远虑，但还有其他的理由。

西岐周，本国能够动员的兵力只有战车三千、虎贲（指勇猛士官）三千、装甲兵三四万，此外还有前来声援的诸侯兵力。

与之相比，殷朝能够动员的士兵数量有上百万，据说实际更多。即便百万兵力有夸张的成分，但殷朝依然拥有相当于周及诸侯联合军数倍的兵力。

太公望吕尚辅佐文王时，征伐平定了对西岐周有威胁的西部势力，巩固了国家基础，同时在很大程度上宣扬了国威。在消除后方隐患后，他才开始实施对殷计划。在与殷的战争中，吕尚多次迎战殷派来的讨伐军，凭借他的谋略接连取得胜利，成功将对方击垮或者笼络。

尽管周在军事方面多有不足，但太公望犹如有神灵附体般取得多次的胜利，令他的名字几乎等同于军神。即便是周公旦，也是发自肺腑地佩服他的惊人手段。只要是吕尚提出的要求，不论是兵力还是粮草，他都会尽力去满足。

但吕尚本人并不满足于这种连胜状态。此前在西部的战斗可以说是主场作战，属于易取胜的守卫战，没有必要大获全胜，只要让对方败退就可以。但从结果来看，通过接连几次防守的胜利，吕尚还是打败了曾是殷朝栋梁的太师闻仲，成功击退了殷朝的讨伐军。

然而，要想彻底阻止殷，必须冲入敌阵进攻。在第一次进军之时，吕尚也没有战胜殷朝大军的自信。即便是把朝气蓬勃的周朝气势与犹如落日的殷朝衰败等因素综合考虑进去，也只有百分之五十的把握，因此只能放弃决战。

## 第二章

世人往往将纣王认定为只会被妲己等女色迷惑的无能之辈，但事实绝非如此。吕尚在朝歌之时曾拜谒纣王。在他看来，纣王才能超群，即便是在殷朝的历代主君中，也是屈指可数的实力派。尽管在宫廷内表现得过度淫乱，也多有虐暴行为，但他对先祖鬼神的祭祀活动极为热心。纣王是因为恃才自傲，才会轻视他人，最终将殷朝遗产消耗殆尽。吕尚认为，如果纣王能静心反省，意识到问题后重整旗鼓，那么，周就绝对没有取胜的可能了。

而且，认为纣王的大臣中缺少人才的想法也是错误的。如蜚廉、恶来等家臣，虽然总被归为小人佞臣，但实际上都是了不起的人才，对纣王也忠心耿耿。

作为军师，吕尚从未懈怠过侦察工作，一直秘密进行活动，纵观大局，等待胜机。这用了吕尚两年的时间。

在此期间，纣王杀死了有圣人之誉的比干（纣王的叔父），并且将他剖尸——因为听说圣人的心脏有七窍，所以命人打开看看。纣王还监禁了同样拥有贤人之称的箕子，不过箕子假装疯癫逃离了险境。据说比干和箕子都是因为坚持谏言触怒了纣王。此前还有一位忧国的贤者微子（纣王的异母兄），在比干和箕子的劝说下提早逃离了殷。《论语》曾写道："微子去之，箕子为之奴，比干谏而死。孔子曰：'殷有三仁焉。'"

屈原在《天问》中写道：

彼王纣之躬,孰使乱惑?

何恶辅弼,谗谄是服?

(究竟是谁使那纣王狂暴昏乱?为何会憎恶辅佐的忠臣,会听信小人的谗言?)

比干何逆,而抑沈之?

雷开阿顺,而赐封之?

(比干为何会顶撞纣王,纣王为何要压制比干?雷开[纣王的佞臣]为何要迎合纣王而获赐金玉领土?)

何圣人之一德,卒其异方?

梅伯受醢,箕子详狂?

[圣人均品德高尚,可为何最后结局千差万别?为何梅伯(纣王时代的诸侯)因谏言而受醢刑,箕子被迫装疯逃命?]

殷朝的主要骨架显然已经摇摇欲坠,但吕尚依然没有行动。后来,殷朝的多位重要人物也纷纷亡命到周。

迁藏就岐,何能依?

殷有惑妇,何所讥?

(殷朝的臣子纷纷带着宝藏来到西岐,如何能使百

## 第二章

姓依从？殷朝有迷惑君主的宠妃妲己，劝谏之言又有何用？）

殷太师疵和少师疆带着祭祀用的乐器亡命西岐，吕尚从他们口中得知殷朝的内情是如何恶劣。黎民百姓食不果腹，生活状况甚至不如奴隶，全都怨声载道。即便如此，吕尚仍然在等待。武王焦急地问吕尚："师尚父，还不到出兵的时候吗？"

吕尚只是回答："再等等。"

在这个时期，周公旦像是有所忌讳似的，完全没有参与军事决策。他的时间主要用于起草文章，并不断校正修订，其中包括后来以武王名义发布的《太誓》。现如今，《尚书》中记载的《泰誓（即太誓）》被判定是伪作，实际上则另有其文，但究竟是否存在相似的宣告文呢？

与殷商相比，周朝的文化实际上要落后许多，还处于较为野蛮的状态，仅有一小部分人能够撰写文章。而那些发誓要跟随周朝的部落诸侯，即便是族长，也顶多把文字当作占卜用的图形、图腾记号，或者是巫术标志。在这一点上，周人也基本差不多。

文王曾在殷朝宫廷内侍奉，能够读写文字，也能运用自如，而武王却不擅长。周公旦跟随父亲文王学习，之后认真钻研，成了周朝最擅长撰写文章的人，自然会被委托为武王

周公旦

代笔。

周公旦继而起草了《牧誓》《武成》等其他文书祝文,其中包括武王在牧野决战之前发布的文书,也包括战后的祝贺文。毋庸置疑,这些全部都是提前完成的,如果要在现场即兴创作,时间肯定来不及,而且写此类文章绝非易事。

《太誓》属于宣战布告,完全可以提前准备,而《牧誓》等文的性质截然不同,需要预测未来结果,因此带有某种预言性,同时也被当作具有预祝意义的咒文。也就是说,祈祷与著述的行为直接关联,写下来的愿望即能实现。

这是使用言灵[1]和文字的咒术,而且周公旦的预测文向来都很准确。周公旦被众人敬畏与重视,其中一个重要原因,就是他拥有撰写预测文的咒术能力。

太公望吕尚终于行动了,他向武王谏言:"到时候了。"

和此前的态度截然不同,吕尚显得急不可耐,就像被什么东西追赶催促着一样。武王立刻发布了出兵布告,并向部落诸侯派出了使者。

出兵前进行占卜属于"礼"的一环,当然要进行。当时的结果是凶卦,武王表情大变,吕尚当场大发雷霆,冲上前

---

[1] 源于古代日本的一种信仰,信者认为言语中有不可轻视的力量。最早见于《古事记》。本书脚注均为译注,后文不再说明。

刺倒了占卜官,折断了蓍,踩碎了龟甲,并怒吼道:"枯骨干草焉知吉凶,大凶即大吉,现在开战必将获胜。"

众人第一次见吕尚有如此粗暴、过激的反应,这绝对不像一位七八十岁老人的所作所为,的确不够稳重。

吕尚如此暴怒的原因其实很简单。据吕尚得到的信息,殷朝主力军去讨伐盘踞在"人方"一带的部族了,为了协调此次出征,难以对付的蜚廉也被派往北方。近期周朝相对平静,让纣王有些松懈,因此,现在朝歌的守备力量并不充分。

吕尚不可能错过这千载难逢的机会。即便是将天神、地神踩在脚下,都要断然发兵征殷。

于是,周朝无视"大凶"的占卜结果出兵了,此次同样是将文王的木主置于中军,表示这并非武王一人的事业。文王驾崩已经数年,却依然要明确强调"此乃继承文王之事业",对外宣称被赋予天命的人是文王而非武王。由此也可看出,在这个时期,武王的威望还是无法掌控诸侯诸部族。《天问》中涉及殷周革命的诗句还有许多。

> 伯昌号衰,秉鞭作牧。
> 何令彻彼岐社,命有殷国?
> (文王趁殷朝衰败发布号令,成了诸侯之长,但为何要在岐山庙中祭祀,是否带着天命占有殷之国土?)

>受赐兹醢，西伯上告。
>
>何亲就上帝罚，殷之命以不救？
>
>（纣王赐他亲子肉酱，西伯向上天控诉。为何纣王亲自接受了天罚，但殷朝命运仍难挽救？）

据传，易姓的天命最先起源于文王。在屈原看来，殷周革命谜团太多，让人心生疑问。

与前一次相比，第二次征伐较为匆忙。周和西岐联军像急行军一样向前赶路。

关于这一点，屈原在《天问》中质问道：

>武发杀殷，何所悒？
>
>载尸集战，何所急？
>
>（武王慌忙杀死殷纣王，究竟有何担心？会战之时还要载着文王的牌位，为何如此着急？）

如果要回答屈原，之所以载着文王的木主，主要是担心武王一人的名声不够有威望。之所以要急行，是因为当时朝歌周边的防备正处于薄弱状态。

这场战役的确属于速战速决。在武王即位十一年十二月戊午之日，周和部族诸侯的联军急渡孟津。

武王对汇集而来的各路人马宣告了《太誓》，以"如今殷王纣竟听任妇人之言,以致自绝于天"为开场,累述了殷的罪恶,明确了讨伐理由。周公旦起草的这篇文章具有魔术般的心理效果,能够让众人从内心之中消除杀主的愧疚感。语言相异的部族或许无法透彻理解具体的含义,但辅助意义的,是充满力量的声音组合。这就是韵,即咒文。声音能够穿透所有人的耳膜。

武王最后的结束语是:"努力吧!勇士们!这样的机会将不会再来!"

吕尚也在一旁倾听《太誓》,再加上武王的人格魄力,文章的力量直击胸膛。吕尚略感惊讶,那位一本正经、老老实实的君子周公旦,竟然能够写出如此文章。

对于如何统率这些语言不通、思维各异的联军,吕尚一直有一丝不安,他心想,"兵将勇猛当然是好事,但只有勇猛是不够的,如果再有所谓正义之军具备的威容就好了"。

年后二月的甲子之日,周军进驻朝歌南郊的牧野,在能够远眺朝歌城池的位置安营扎寨。武王召集众位勇士,霍然起身,左手持黄钺(黄金装饰的钺),右手持白旄(以白色牦牛尾为饰的指挥棒),对大家说:"逖矣,西土之人!"

随后开始宣告《牧誓》:"我友邦冢君,御事:司徒、司马、司空,亚旅、师氏,千夫长、百夫长,及庸、蜀、羌、髳、微、卢、彭、濮人。"

武王叫到的名字，除了包括保持着诸侯体面的部族，也包括近乎半裸的蛮族。

"称尔戈，比尔干，立尔矛，予其誓。古人有言曰：'牝鸡无晨；牝鸡之晨，惟家之索。'今商王受，惟妇言是用，昏弃厥肆祀，弗答……"

周公旦起草这篇文章的用意，是想鼓舞兵将士气，能让他们发挥勇猛果敢的威力。

将沉溺女色并受其蛊惑作为殷王的最大恶行，《太誓》也是如此。虽然周公旦并不认为殷朝的衰败全部是妲己所导致，但在文章中却不能缺少这类指责。

"今日之事，不愆于六步、七步，乃止，齐焉。夫子勖哉！不愆于四伐、五伐、六伐、七伐，乃止，齐焉。"

不仅督促兵将勇猛向前，同时不忘提醒他们要注意分寸。

"尚桓桓，如虎如貔，如熊如罴，于商郊。"

就像野兽般勇猛的战斗力被唤醒了，在各部族的内心激荡。

"弗御克奔，以役西土，勖哉夫子！尔所弗勖，其于尔躬有戮。"

所谓"誓"，即向神发誓。既然向神许下誓言，就绝对不允许违背。不论是指挥官还是兵士，由此全部树立了坚定的信念，这场战争也因此具备了不可动摇的绝对性。于是，战斗激情得以爆发，同时还能保持内心的冷静。

通过《牧誓》，接下来要冒着生命危险投入战斗的兵将们被调整到了理想的意识状态。此次是为正义而战，复仇、争功夺名、一己私欲等不纯动机全部消失，联合军团已不再是乌合之众，并具备吕尚所期望的正义之军的威容。一言以概之，《牧誓》既属于战争咒术，也属于军令范畴。

"莫非这也是叔旦起草的文书的力量？"

也就是在这个时候，太公望吕尚意识到了周公旦的力量。不论是《太誓》还是《牧誓》，都近乎完美无缺，具有改变并驱动他人的力量。

而且，这些文章都是在半年前完成的。在此之前，周公旦在吕尚眼中只是风度翩翩的贵族子弟，是能力较强的内政管理者。吕尚向来忙于军务，几乎没有机会和周公旦促膝深谈，见面的时候也多有旁人在场。因此，吕尚从没有真正审视过周公旦的能力。

但现在，吕尚看到了周公旦隐藏的利爪。

"难道是'礼'？"

周公旦通晓"礼"，不只是通晓，他身上隐藏着令人恐惧的能力，能够充分发挥"礼"的力量。吕尚的大半生都在不断流浪与学习，他早已看清这个世界，也看透了人性。像他这样的人心里非常清楚，如果在现实中与"知礼且会用礼"的人处于对立面，将是无比麻烦的事情。吕尚心中还涌上一丝恐惧,自从来到西岐后,他第一次有这种感觉。按说已经没有任何令吕尚恐惧的事情,如果有,顶多是担心志向实现之前,自己就撒手人寰。

吕尚无暇细想将来的事情。为了让殷商王朝落幕,此时需要大干一场。会战的基本作战方案、阵型、将士的进退等,这些都要由吕尚独自定夺。

据说纣王为应对牧野决战准备了七十万的兵力。虽说已濒临灭亡,殷依然能够发动如此大规模的军队,不愧是强大的帝国。

武王故作悠然地望着眼前的敌军,这是决定成败的关键一战。单是想到这一点,足以让人对即将发生的激战感到心醉。

但对吕尚而言的"关键一战",与武王及部族诸侯联军截然不同,吕尚最终策划的是殷朝的自我毁灭。这两年的按兵不动,并不只是单纯等待殷军的自我削弱。吕尚在背后运用了各种手段,不断摇晃着那棵日渐枯朽的巨树。所谓的熟柿落地,实际上就是人心落地。太公望的兵略,既不是在短兵相接中的取胜方法,也不是布阵的良策——这些只不过是战略的一部分,而他的兵略范围大得多。

殷军没有采取行动,两军对峙了一段时间。武王传召吕尚问道:"师尚父,怎么回事儿?殷军完全没有发起进攻。"

## 第二章

"如您所见,殷军人数众多,但缺乏斗志。"

殷商兵士大部分是食不果腹的奴隶兵。

殷的那些将军和指挥官,肯定正在疯狂怒吼着督促士兵们前进呢。

"我们率先进攻吗?"

"可以的,现在正是时机。"

殷朝大军像是鹤翼一样铺展布阵,吕尚率领着亲自选出的百名勇士,直接驱车冲进了敌阵的正中央。

虽说率领着最精良的勇士,但终归只有百人,周军内部也有多人提出反对意见,认为这样做过于危险。但只见战车悠然地驶入敌军中央,吕尚布满皱纹的脸上充满喜悦,似乎这是他一生中最为精彩的一刻。

武王也极为惊讶,命令周军阵营左右的召公奭和毕公各自率领军队突击殷军的两翼,中军紧跟其后。

要想重现那番场景,继续引用屈原的诗文是不错的选择。

> 会朝争盟,何践吾期?
> 苍鸟群飞,孰使萃之?
> (那天清晨,盟军汇集武王的左右,诸侯为何会知道具体日期?诸侯如苍鹰般汇聚而来,究竟是谁将他们聚集于此?)

周公旦

> 争遣伐器，何以行之？
> 
> 并驱击翼，何以将之？
> 
> （武王的军队争相举起兵刃，为何能让他们这样做？周军一起攻击敌军两翼，如何才能统率他们？）

大动干戈的战斗实际只在局部发生，面对攻到眼前的周军，殷朝兵士只做出了机械性反应。前列的步兵无奈地被击杀，但殷兵并没有太多举动。

"大家都住手吧！"吕尚用沙哑的声音喊道，"太子厌恶残虐杀戮。"

静心一瞧，殷朝兵士纷纷扔掉了手中的矛和戟，明确表明了不抵抗态度。前方士兵左右避开自动让路，很快人海分割，一条迎接武王入朝歌的大路出现了。

只有队长、指挥官及将军等人，还算有战斗意志，于是吕尚命令手下只需和这些人战斗。那些将忠诚坚持到最后一刻的人，接二连三被砍下首级，也有一部分人选择了自刎身亡。殷朝的兵士们面无血色地看着眼前发生的一切。虽说有七十万大军，其中有战斗力的顶多千人。其他兵士在周朝战车及步兵的紧逼下让开道路，或者只像树桩一样立在原地。对于如此缺乏激情的战斗，南宫括、黄飞虎等猛将肯定感觉意犹未尽。

武王命令军队继续前行，追赶逃回朝歌的纣王及其残

## 第二章

兵。纣王的自尊心令他无法容忍自己被敌军杀死，于是取珍宝"天智之玉"带在身上，放火烧了鹿台（纣王的宝物库），随后投身火海，自杀身亡。恶来拼命抵抗，最后壮烈战死。如此一来，朝歌的百官民众中再也无人反抗。

如果按照战争的惯例，此时周军应该会有惊世骇俗的抢掠行为。当时周和联军尚处于文化落后的野蛮状态，朝歌对他们而言犹如一座宝山，城内随处可见衣着华丽的女人。包括吕公尚也做好了一定的心理准备，觉得即便发生此类恶性事件也没有办法。战争结束后的掠夺，可以说是兵士的本能，也是人的群体的本能。如果不这样做，内心深处的某种东西难以平息。而若要阻止，恐怕比击破七十万人的军团还要困难。

吕尚心里清楚，不论是君主还是将军，如果不给兵士"随意掠夺"的褒奖，他们的不满有可能反弹爆发。因此，从兵卒管理的角度考虑，他并不打算干预或阻止，即便大肆抢夺会有损大王的名声，也没有办法。而且，以吕尚的年纪而言，他并不认为在战后有必要压制将士们因沉浸于抢掠而热血贲张的兴奋状态。

然而，包括《史记》在内的各类书籍中，完全没有朝歌城被抢掠的记载。我们不可能要求周朝史官准确记录本国军队的残虐行为，但上述书籍的作者是年代相隔久远的司马迁等人。

司马迁的著书并非正史，他原本计划写好后隐藏起来，因此记述过程中无须太多顾忌。正如前面提到的伯夷、叔齐的故事，司马迁和屈原一样，对于周朝勃兴及殷朝灭亡的历史持批判的态度。

据《史记》记载，武王持大白旗以麾诸侯，或许意在表明战斗已经结束。"诸侯毕拜武王，武王乃揖诸侯，诸侯毕从，武王至朝歌。"在战争结束之后，周朝联合军的兵将们情绪稳定且平静。当然，这也是因为战斗本身并不激烈，但归于平静的速度确实很快。

"正义之军"的称号绝非虚名，他们威严前行，对来到郊外迎接的朝歌百姓宣布，"上天降休"。

所谓的"上天降休"，意思是"上天要灭掉纣王，给商人带来喜事"。

百官百姓再拜稽首，武王也再次答拜，随后进驻朝歌。如果模仿屈原的口气，笔者也非常想提出疑问："武王战胜后进驻都城，是以何种方式确保兵士纪律严明的呢？"

战斗结束后，兵士没有掠城的例子并非没有。众所周知，汉高祖刘邦进入汉中时也没有发生大规模的暴乱抢掠。据说是张良、萧何等人提前严厉训诫的结果。像刘邦那样的人，是极有可能率先实施掠夺的人物，看来是想方设法控制住了自己。

顺便提及的是，传说张良从黄石公的化身那里得到一本太公望吕尚的兵法书,并认真研读。此事是真是假暂且不论,但张良自称是太公望的直系弟子。

在日本也有相关例子,如织田信长进驻京都时也几乎没有出现暴行。这些事例的共通之处,就是对兵士施行铁律,如果发生盗窃或强奸行为立刻斩首。这样一来,兵士们会咬紧牙关压制郁愤,拼命控制住自己的兽性。

从现存史料看,为了使周朝兵士及联合军自始至终保持正义之军的状态,武王似乎并没有颁布严厉规则。对此,吕尚也感到不可思议,难道是周公旦的《太誓》《牧誓》依然在发挥作用?

战前需要最大程度提高战斗激情,而战后需要平复激情,否则只能通过暴动发泄情绪。周公旦在撰写《太誓》《牧誓》等文章及咒、祝文时,难道连这一步都设想好了?

接下来,只有武王一人举止粗暴。他把大军留在城外,带领着护卫先一步进城。当武王发现纣王烧焦的尸体后,立刻从车上射了三发箭,但依然感觉不满足,继而拔剑猛刺去,最后用黄钺砍下了纣王头颅,然后将头颅悬挂在大白旗的旗杆上,可谓对纣王百般羞辱。

最后,武王闯入后宫,发现纣王的宠妃中已有两人上吊身亡,其中一人应该是妲己。和刚才一样,武王向每人各射了三箭,持剑猛刺,用黑钺砍下头颅,挂在小白旗的旗杆上加以羞辱,之后才回到城外的军营。

武王的举止实非圣人风范，也因此被后世诟病。不过，此类行为很有可能是"礼"的范畴。三发箭、剑刺、黄钺及黑钺的区别使用、头颅悬挂在白旗旗杆上……这些全都具有某种暗喻。进而言之，侮辱敌方头领及妻妾的尸体或许是咒术的必需步骤。如若果真如此，那武王有可能是听从了周公旦的建议。

城外部族诸侯的军队和周人一样，都痛恨殷朝统治，所以才会协助周。战斗迅速结束，众人原本期盼的掠夺行为未能实施。因此，武王进城后，断然以"独自抢掠"的方式代表众人宣泄情感，事情也由此画上了句号。

武王暴虐了纣王的尸体，侵犯了纣王两位爱妾尸骸的尊严，作为众人的代表，他必须这样做，才能让周军及联军的狂暴内心镇定下来。武王虽是周人，但原本也是西方草原之民，不会不懂西方野蛮部族诸侯的心情。

第二天，周军举行了入城仪式——他们特意在朝歌郊外野营一夜，让众人平复心情。为了祭祀行神（道路神）和土地神，从清晨开始清扫道路，并修建"社"（供奉土地神的场所）。如果不这样做，从"礼"的角度看会很危险。也就是说，要进入有别国宗庙的土地，必须这样慎重。

入城仪式随后慢慢拉开了序幕。兵士百人举着罕旗走在前面，叔振铎（文王六子）奉仪仗车，周公旦手持大钺，毕公手持小钺，在武王的左右。散宜生、太颠、闳夭等股肱之

## 第二章

臣执剑护卫武王。

各司其职，井然有序，这应该也是周公旦安排决定的。不过，关于这个场面的描述，《史记·鲁周公世家》和《史记·周本纪》略有不同，前者记载的是召公奭持小钺。

来到城中的祭坛，武王面南而站。面南是君主的位置。兵卒、左右将士全部面北而从。毛叔郑奉上明水（祭祀用的水），康叔封（文王的九子）布兹。关于如何给非姬姓的功臣分配祭祀活动中的任务问题，估计周公旦是经过慎重考虑的。

周公旦让召公奭手持币帛，币帛是祭神时用来供奉，祓除时用来晃动的重要物品。最难安排的是太公望吕尚，最后决定由他负责牵引供神用的牛。西方住民祭祀之时，将活供品牵过来的职责非常重要，只有一族的权威或长老才有资格，这比在武王身旁手把大钺的周公旦的位置还要重要。这显然是在表明，头等功臣是太公望吕尚。

太史尹佚面向武王朗读了策书祝文，其大致内容为：纣王因罪行遭天帝惩罚而灭亡，天命降于武王而令之成为天子，命令武王要勤于德政。此文虽由尹佚宣读，却代表着天神社神的命令，因此武王向尹佚再拜稽首，谨慎受命，然后退出。

革命的仪式就此结束。

之后祭祀了各路天神，并大办宴席，款待了那些盘踞在城外的协助周军的部族诸侯兵士——由于他们的人数过多无法全部进城，同时还款待了投降的殷朝士兵。宴会过程中，即便众人有些许喧哗、吵闹，也不会被怪罪。而周公旦故意选择了不起眼的角落。他没有直接参与战斗，但已经开始着手战后的处理工作。周公旦把主要位置让给了吕尚和召公奭，以此表示对两人的特别关照与重视。

坐在武王身旁的，是身兼武王老师及军师的太公望吕尚。武王多次向他表达谢意，赞扬他的功绩。在武王的盛赞之下，在场的众人再次意识到吕尚确实是周朝之中无人能比的奇人，何况他已是年过八十的老人，更是给人留下深刻的印象。再想到如此和蔼可亲的老人竟然立下这般汗马功劳，赞叹之辞更是无以言表，对吕尚本人也是愈加敬仰。吕尚不论获得多少赞扬与赏赐，都不会成为诸侯嫉妒的对象，因为他早已超乎其上。

吕尚有些难为情，但喜悦之情涌上心头，"半生的夙愿终于实现了"。

但这位擅长神机妙算的男人，即便在最为激动的情况下，依然能够保持冷静、清晰的头脑。通过归依周的方式，吕尚实现了推翻殷朝的愿望，能在活着的时候亲眼看到殷朝的灭亡，这让他感慨万千。然而，他谋划未来的模式一刻也不会改变。

这个男人，即便是在梦中，也不会出现"如今可谓死而无憾"的想法。

## 第二章

虽然和殷朝的战斗已经结束,但吕尚的战斗并没有结束,他正在筹划更为艰难的战斗。早在文王驾崩之前,某种念头就一直存在于他内心的某个角落,且不断被构思、提炼。

吕尚竭尽全力地为周朝服务,获得了充分发挥自我才能及经验的机会,也取得了巨大的成功,这样的结果确实令他欣喜。然而,关于自己呕心沥血后能得到的回报,吕尚并不乐观。

"狡兔死,走狗烹。"这是《史记·越王勾践世家》中的一句话。哪怕是被武王尊为师尚父的吕尚,也不会例外。过于有能力的家臣,最容易被主君忌惮。

况且吕尚并不是姬姓一族。如若臣子能力过人,而且不再有可以利用的价值,主君对此类人的恐惧,往往会远超臣子本人的想象范围。吕尚今后处境的危险性,根本无法对其他人解释清楚。

即便现在武王和周公旦完全没有此类想法,但吕尚心里清楚,权力的魔力能够彻底改变一个人。而且周武王拥有的并非普通权力,而是拥有足以撼动中原的巨大力量。不论结果是好是坏,权力不可避免地会让人的内心发生变化。比如武王,由于刚刚从他人手中夺取了权力,现在变化尚不明显,但掌握权力的时间越长,变化将会越大。而且吕尚还要考虑到的是,除了武王外,曾经团结一致的家臣内部也会逐渐走向敌对。

还有一种选择，就是吕尚将位置让给儿子吕伋，自己选择隐居，悠闲度日。但事情绝非如此简单。嫡子吕伋也被许诺了大臣的职位，但无法指望他能像父亲一样富有心机。如果吕伋做出举止不当的行为，就会立刻被人抓住把柄，到那时包括吕尚在内的姜姓一族，都将面临被斩草除根的危险。

再比如召公奭，他现在和吕尚一样，属于被大加褒扬的功臣。召公奭也是姬姓，从血统而言，和周王家的关系比吕尚亲近，但他的危险处境和吕尚并无太大差别。

吕尚心想："召公奭是个老好人，他能否看清这一点呢？"

这倒并非出于讽刺，吕尚确实在担心战友的命运。如果召公奭向他询问，他甚至决定坦言相告。

如果武王被权力迷惑，即便是同姓、同族的人，同样无法避免被杀的危险。包括他的胞弟周公旦，如果因为过于优秀而遭到忌惮，也有被除掉的可能。不只是周朝，在所有个人为最高权力者的组织中，类似情况随时有可能发生。

如此一来，吕尚已无暇顾及自己的高龄。为了确保本族人安然无事，吕尚必须在有生之年，运用智慧与能力斗争到底。如果想要彻底安心，或许只能舍弃现在拥有的一切，再像以前那样作为放浪之徒游历于山野之间。但吕尚有需要保护的同族及家臣，他不能如此不负责任。

另外还有一个选择,就是将周朝作为敌人消灭。在最糟糕的情况下,吕尚只能自己夺取天下。

吕尚喝着酒,一边和武王谈笑风生,一边思绪万千,心中暗想:"我并不想强行夺权,但是……在寄身于西岐之时,我已经选择这条道路。"

这就是权力的较量,今日的朋友会变成明日的敌人,吕尚已经踏入这个残酷的权力世界。

而且吕尚并不厌恶这样的世界,也绝无逃避或隐逸的打算。即便已经年过八旬,只要还活着,他就要继续斗争。不论是需要一两年,还是更长的时间,在生命走到尽头之前,除了不屈不挠地坚持斗争之外,他别无其他选择,这就是吕尚的天命。

最终,吕尚又活了三十多年,而年轻许多的周公旦却比他更早离世。吕尚的长寿确实不可思议,因此诞生了诸多传说,有人将太公望吕尚奉为道术之祖,还有人将他视为仙人。当然,这也是情理之中的事情。

不过,即便年过百岁,吕尚依然要绞尽脑汁地思考权谋,还要继续斗争,这样的他是否真正幸福?

# 第三章

　　神话传说中必然包含某种事实，既有可能是对精神而言的事实，也有可能是对历史而言的事实。关于夏、殷、周三代的记述，直至今日，几乎还笼罩着一层神话传说般的迷雾，堪称史实与象征交相混杂的叙事诗。从资料发掘到历史实像，现代科学技术正试图对甲骨文、金文、坟墓、遗迹等进行解析，而这种尝试直至今日依然在逐步推进之中。

　　神话传说，特别是有关祖先的神话传说，不论内容如何匪夷所思，都会在子孙的心中引发万千感慨。如果再被代代相传，神话就能与事实相匹敌，并成为一族的骄傲与徽章，也会承担一部分"礼"的功能。

　　关于周的起源，有这样的传说。

　　有邰氏有一女，名姜原。女性能在历史上留下具体名字的实属罕见。姜原是帝喾高辛的妃子，帝喾据说是夏王朝的五帝之一。要说三皇五帝，那是被更深一层的迷雾包裹着的人物，只能依靠人类的想象力而存在。然而，后世的人却千方百计地试图将他们与现实中的血统相联系。

某日姜原去野外玩耍，发现一个巨人的脚印，不知何故怦然心动，萌发了要踩一踩脚印的念头，于是便将脚踏了上去。结果她立刻察觉到体内的某种振动，后来得知自己怀孕了。

对此，笔者可以颇为得意地做出如下解读："所谓巨人的脚印，当然是指出色的男人，也许姜原和此人在某处相识，并在野外多次幽会。说愉悦地踩了对方的脚印，保不准是以某种奇怪的体位进行了性交。"而周朝的子孙不会这样想。巨人是超自然的存在，仅仅触碰了他的脚印，姜原就能怀上神灵的儿子，绝对是这样。

孩子足月降生。暂且假设姜原绝不是担心自己和情夫的事情败露，当她看到刚出生的孩子，感觉到惊恐和不吉利，于是命人将婴儿扔到路上，打算以这种方式杀死他——后来"弃"就成了那个孩子的名字。但是，路过的牛马都会主动避开这个孩子，绝不踩到他。

接下来，姜原几次命人将弃丢在没有人烟的山林中。不知何故，那附近的行人马上会增多，弃每次都会被人捡回。没有办法，又把弃扔到了结冰的水渠里。结果鸟儿飞过来，把羽毛铺在孩子身下，野外的动物们守护着弃，想让他活下去。山野的动物们自古以来就会分工哺育身份神圣的孩子，让他无论如何也不会死。

事实上，应该是姜原身边的侍女怜惜孩子，向姜原谎称已经扔掉，实际上在偷偷地照料抚养。但如果这样记述，会显得过于乏味，于是就成了传说中的样子。

愚蠢的母亲姜原，用尽了各种办法都无法成功杀死孩子，这才终于意识到，弃并非不吉之人，而是圣者，于是决定接回身边养育。还有一种可能，姜原试图让周围人误以为她在抚养被别人丢弃的孩子，以此掩盖这个孩子是因自己行为不检点而被带到这个世上的事实。最终，她的计划成功了。

据说弃在儿时就有伟大的志向，成人之后，在植物栽种、管理方面表现出超凡的能力。他熟知农耕知识，清楚如何根据土地状况选择合适的耕种时机及谷物品种，农民听从弃的建议就能获得丰收。强大的农耕神就此诞生。当时的主君是舜帝，听说了弃的事情后便委任他为农师。弃的能力因此为全天下带来了利益。

尧帝曾下命令："弃，黎民阻饥，汝后稷（农官的管理者），播时百谷。"

从此之后，弃成了姬姓，号后稷。

如果按照神话传说，这位后稷就是周人祖先。

周人曾创作诗歌《思文》称赞后稷。

## 第三章

> 思文后稷，克配彼天。
> 立我烝民，莫菲尔极。
> 贻我来牟，帝命率育，
> 无此疆尔界。陈常于时夏。

（文德无比的后稷，功德可以配上苍。养育了我们亿万民众，无人不受你恩赏。留给我们优良麦种，天命用之，百族绵延，不分彼此和疆界。遍及中华都推广。）

《汉书》中有记载："周公相成王，王道大洽，制礼作乐，……郊祀后稷以配天。"因此，《思文》应该是周公旦在郊外祭祀时吟唱的诗句。

还有一种可能，后稷的姬姓一族实际上并不是西方草原之民，他们的子孙几经辗转去了草原，但没有被同化为游牧民，而是一直坚持以农耕为主。周的姬氏兼备游牧与农耕的两种生活方式。

"我们的祖先原来是后稷！"

周公旦从小就喜欢听自古传承的故事。长大之后，他四处走访老人，听他们讲神话传说。他不仅能背出很多传说，还能自己讲出来。这自然有助于他了解遍布于东西各地与"礼"相关的知识。

小的时候，周公旦还会问一些让人难以回答的问题，比如："女人如果踩男人的脚印，就能怀孕吗？"

周公旦

周公旦从父亲西伯昌那里学到了文字及周礼,也学到了后稷之后姬氏一族的"礼"和"历",当然也会了解殷"礼",同时还会涉及影响力渐趋微弱的夏"礼"。文王西伯昌不仅是优秀的族长,也是一位伟大的博学家。

周公旦具有非凡的学习能力,特别是对"礼"的感知超乎寻常。文王有许多儿子,但在这一方面,无人能与周公旦匹敌。

"旦,看来你适合担任历史、天文、典礼的官职,或者说成为一名巫师。"西伯昌不无担心地揶揄道。

"不是的,父亲,我只是喜欢了解这类知识,单纯出于个人爱好。"

"好吧,可以的,掌握广博知识的人能成为有用之才,特别是'礼',要想管理百姓,服务主国(殷),包括与他国的交往,都需要提前了解。"

周公旦是公子,此后必然会承担治理领地或参与国政的任务,如果能够熟知历史、天文及"礼",将会成为他的优势。当然,周公旦不可能成为巫师,除非是周朝惨遭灭亡,全族人都被赶到荒郊野外。

如果殷周革命没有发生,周公旦肯定能成为一名学者,同时参与一些内政。周公旦是哲人,或许还会对伯夷、叔齐的生活方式产生共鸣,像他们一样选择隐逸生活。

# 第三章

另外，文王向周公旦传授了一些占卜秘法。

文王说的第一句话是："我们西岐传承的占卜与殷人不同。"

殷是祭政一致的神圣王朝。在殷朝，大王与其说是巫师，毋宁说是近似于神的存在，有时甚至会凌驾于神之上。殷王被认为是下凡到了人间的天神。

殷人曾经频繁地进行占卜。每当大王想了解或汲取神意的时候，通常会占卜。殷人的占卜，要使用龟甲和牛羊的肩胛骨。他们先在清洗干净的龟甲壳及骨头上钻出若干个椭圆形的凹陷及擂钵形的孔，然后将卜骨放在火上烘烤，或者把点燃的木棍插入钻孔，在热力的作用下，卜骨会裂开缝隙。接下来，大王或者占卜官根据裂缝的状态进行判断。后来有人将文字刻在龟壳或骨头上，记录占卜的时间、内容、相关人物，以及根据裂缝做出的判断和后来实际发生的事情等。这类文章被称为卜辞，也就是后来所说的甲骨文。甲骨文是为了使占卜及判断的正确性得以永久化而雕刻的文字。使用文字的目的是为了将言灵封闭于有形的物品之中，以永远保持力量的存在。

然而，殷朝的占卜方式，并非严谨意义上的占卜。其中也有占卜问卦的情况，但几乎都在明确意识的指引下进行。从实质而言，那只能算是"戏法"。在这种情况下，卜辞成了记录预言及预言实现的文章。也就是说，占卜不是为了得到如何解决难题的方案或启示,也不是对未来的预测,其目的是为了确保原本的愿望变为现实。这种占卜也是将某些行为神圣化的手段,表明所有的这一切均已获得神的认可。神的意志是绝对的,大王的判断体现了神的意志,因此也是绝对且不可违背的。

比如说,如果占卜内容为"近期家人是否会有人生病",结果是"会有",有效期限为半年或者更长。如果在半年内家里有病人,说明占卜结果准确,算是成功了。因为必须要有病人出现,即便是半年之后才有人生病,依然会牵强附会地将占卜结果算定为准确。

占卜事项各种各样,包括战争的可否、祭祀的问题、出猎的成果、除魔驱鬼等。占卜的结果是神的意识表现,自始至终不会有错误,于是成了必然准确的预言。如果是看似难以实现的预言,即便不择手段也要将之变为现实,这就是殷人的占卜特点。也不能完全说是虚假的欺骗行为,确切地说,这是在显示巫师大王的威力。

简而言之,将各类愿望及期待刻在龟甲上,如果一次就出现吉卦还好;如果是凶卦,就会反复多次进行占卜,直至吉卦出现。然后会注入朱砂,将文字牢牢固定住。最后兴高采烈地结束占卜。这实际上已经不能算是占卜。虽说其中包含着欺骗成分,但确切地说,应该是殷朝占卜具有某种"戏法"的特征。同时,这也属于宗教范畴,是"礼"的一部分。

## 第三章

比如拉斯科及阿尔塔米拉的洞窟画,其中既有猎物的图像,也有描绘成功捕杀野兽的场面。据说是远古的巫师们为了确保狩猎大获成功,会以歌舞的形式祈祷这些画面能在现实中实现。祈祷之后,狩猎队伍就会像壁画中所描绘的那样满载而归。这些行为之中,或许包含着要想尽一切办法使现实与预言吻合的因素。殷朝最初的占卜方式,可以说具有相同的原理,而此原理则是法术千古不变的基础思维模式。再比如,一个女孩想让某人关注自己,就会在手帕上绣上某种图形,这类行为其实也隐含着相同的原理。

进行具有一定仪式性的活动,目的在于激发出超自然的能力,以此来控制自然、操纵他人,或者驱使神、精灵。殷朝祭祀过数量众多的神灵,但他们并不畏惧神灵,而明显是在命令神灵。在殷朝的神权政治中,大王位于神灵之上的情况并不少见。

后世的《周易》,则更像是真正意义上的占卜,体现了占卜应有的非科学性、不确定性等特征,以至于被嘲笑为"占卜问卦,也灵也不灵"。我们可以假设,《易经》的主干部分形成于周朝初期,其中包括一条禁止事项:"初筮告,再三渎,渎则不告。"这是因为,如果对同一问题多次卜筮,就是对神灵的怀疑与轻视,属于一种亵渎行为。周朝之后,关于占卜的思维模式已不同于殷朝。

在现代人看来,不论是殷人的甲骨占卜还是之后的《易经》占卜,都是非科学的法术,然而二者之间的思维模式存在巨大的差异。殷的占卜是具有指令性的法术,即"需如此,要这般"。周朝之后则改为乞求天命的指引,"为了如此,需要这般准备"。

周公旦从西伯昌那里学到的占卜术,毫无意外是立足于后者的思维模式,即"与殷人不同"。周礼中也有向神灵提要求的方法,但并不叫占卜。周的占卜中包含着向上天请教预知及选择建议的虔诚态度。周朝也极为重视占卜,属于至高无上的文化范畴。在《周礼》之中,出现了大量与占卜相关的官名,如大卜、卜师、龟人、占人、筮人、占梦、视祲、大祝、小祝、诅祝、司巫、男巫、女巫等。

另外,周朝占卜使用的道具是蓍,也就是筮签。卜签出现的具体时间不详,但周朝曾同时使用龟卜和卜签。顺便提及的是,传到周公旦手上的占卜术,应该就是现在所说的《易经》。

关于易筮,最初是伏羲发明了八卦,文王在羑里被幽闭期间添加了卦辞(八卦解说),周公旦在文王的基础上添加了爻辞(爻的解说),孔子又撰写了《十翼》(综合解说),最终形成了我们现在所能看到的《易经》。尽管这种说法已成为历代经学研究的定论,但都是没有证据的传说。孔子晚年痴迷于《易经》研究,甚至有"韦编三绝"的传说(指孔子勤读《易经》,致使编联竹简的皮绳多次脱断),但这类传

## 第三章

说也属于虚构。

殷人祭祀山川草木中的诸神,在器皿上留下了"饕餮纹""龙虎纹"等令人恐怖的妖怪鬼神图案。他们祭祀众多的神,很多情况下是为了指使、驱魔、镇魂、修禊。但殷人并不经常祭天,可以说完全不重视。特别是殷武乙,比纣王早三代,据说曾经用极为恶劣的方式侮辱上天。武乙制造了一个偶人,称之为"天神",然后与天神赌博,天神输了,武乙便大加嘲讽。他还制造了一只皮袋比作"天神",袋中装满血,挂在高处仰面用箭射,称之为"射天"。后来武乙出去狩猎时遭雷劈而死,据说是因为触犯了天威。

周人经常祭天,或许这与他们居住的土地密切相关。如果向西一路前行,是一望无际的只有天与地的世界,存在于天地之间的就是人类。因此,天与地都是祭祀的对象。对于农耕民而言,上天的意志非常重要。掌管降雨的是上天,所以必须祭天,并由此产生了历法及天文,与天地相关的都成了信仰的对象。

在自然之中仰观俯察的贤者必然会意识到,自然的一切事物都是成对的组合,如天与地、天象与地象、太阳与月亮、火与水、峰与谷、明与暗等。一旦注意到这一点,贤者很快能够发现宇宙阴阳二元的理论。不论是周朝还是世界的任何地方,都存在着"太极一元""阴阳二元"等能够成为《易经》基础的概念。然而,现存《易经》的原形并不存在于西周，或许会出人意料地隐藏于楚地。《易经》过于精练、文雅了。

总之，周公旦学习了占卜术。据说除了《周易》，周朝的占卜法中还有《连山》和《归藏》，但这两法已经失传，不知道究竟是怎样的占卜术。我们可以猜想《连山》和《归藏》是周朝的土著占卜术，但由于不清楚具体内容，因此无法准确判断周公旦所学的占卜术是否来自《连山》和《归藏》。如若从后来周公旦体现出的颇具巫师色彩的行为，可以推想，他应该掌握了比《易经》更富有法术特征的占卜术。

推翻殷朝后，武王必须处理几件棘手的事情。

首先是如何奖赏功臣谋士。

现如今，武王几乎掌握了能够自由处置整个中原的权力，下一步应该把土地分封给诸侯。

其中，拥有至高无上功劳的人是太公望吕尚，其次是召公奭。就算是先不考虑自己的亲兄弟，也要先确定他们的待遇。虽说领地广大，但武王依然踌躇不决，不知道如何封赏，他们才会满意。武王甚至想，干脆让师尚父自己选择想要的土地。

思前想后，武王最后决定宣召足智多谋的胞弟周公旦商量。

"兄长，不，大王，不用顾及太多，您来定夺就可以了。"

# 第三章

"真的可以吗？"

随后武王向周公旦坦言道："我已思虑再三，可关于师尚父的去处，依然是难以决定。接下来需要我处理的事情堆积如山，估计今后还要借助师尚父的智慧及力量。"

得知武王打算重赏有功之臣，周公旦放心了，心中暗想："只要兄长为大王，那就没有问题。"

周公旦原本打算，万一武王提出要处置师尚父，自己会冒死谏言。看来完全没有必要担心。

天下归周，按说土地可以任由武王划分，但实际情况并非如此。各地遍布中小规模的土著部落诸侯，粗暴任性，其中最典型的代表是人方等部族，殷朝在末期曾与之多次发生冲突。并非所有人都对周王朝的建立欢喜雀跃，周王朝的根基依然很脆弱。

"大王，您有两个选择：其一是将师尚父的封地定在都城旁，这样能随时听从您的指示；其二，请他治理偏远之地，以充分发挥他的智谋，否则的话未免可惜。"

"叔旦，正因如此我才难以定夺。"

周公旦并未表现出深思状，而是在脑中进行着谋划。

此时的周公旦已经想好了方案。按照一般的常识，紧邻周都（镐京）的领地应该分封给有血缘关系的人，略远一点的地方封给世袭大臣，派外族守护远方领土。这样的安排会让姬氏一族心满意足，也符合"礼"。但现在有太公望吕尚、

周公旦

召公奭等力量过于强大的外族，相关问题的处理就会有些微妙。因此，周公旦需要进一步推敲方案。

太公望吕尚率领的姜氏已发展为一大势力，如果将他的封地定在邻近首都的地域，将会出现怎样的状况？如果分封在偏远地带，又会是怎样的结果？周公旦早已判定吕尚是心藏野心之人，因此设想了所有的可能性。不论做出何种选择都各有利弊，安心与危险并存。至于召公奭，情况也是一样。

"叔旦，该如何是好呢？"武王问道。

"占卜决定吧。"

"用占卜决定封赏？"武王的声音略带不满。

吕尚是几乎从不依赖占卜的现实主义者，一直师从于吕尚的武王，也自然不喜好占卜。不过，吕尚不需要占卜，是因为他是一位令人恐怖的万事通，能够时刻掌握充足的信息，并能依此做出正确的判断。

周公旦说："闻古五帝、三王，事必先决蓍龟。"意思是，太古的圣王在决定重大事情的时候，必定会进行卜筮或龟卜。

"包括先君文王，在这样的情况下也必定会靠占卜做出决定，因为这样能够避免被私情牵导，或被眼前的利欲引诱，可以用心决定事情。通过占卜获得的智慧，有时就像在转告天意，能够圆满解决各种问题。"

"原来如此。我听父王提过，他与师尚父的相识、相交，依靠的也是占卜。师尚父的封地问题，难道也要占卜……"武王陷入沉思。

"怎么办？"

"好，那就全委托你吧，占卜后先看看结果。"

只有周公旦从文王那里直接学习了占筮之法并能够熟练使用，因此占卜由周公旦负责。不过，这次占卜只不过是周公旦拿出的提前预备好的答案。

也就是说，他在操作蓍草的时候动了手脚。

"敬请原谅。这件事实在不能完全听从天命的安排。"

周公旦平日总是思索着应该如何改革殷礼及殷朝风俗，但在这种时候，他也只能像殷人那样，进行"要这样，必须这样"的戏法式占卜，更确切地说，应该是"权道式"占卜。

按照占卜的结果，太公望吕尚的封地是东海。周公旦最终得出结论，吕尚的领地应该尽量远离周朝首都，这样既是为了武王天下的安泰，同时也是为了保护吕尚。

如果吕尚和武王生活在近在咫尺的地方，关系会愈加亲密，但也会逐渐发现彼此的本性及真实面目。如果是在战争等需要高度合作的时期倒也没有问题，但在和平时期，如果发现了对方的缺点或者萌发厌烦之感，就像"黄灯"一样代表着进入危险期，无法预料哪一方会率先挑起争斗。

周公旦

　　预测到这一点后，周公旦认真占卜，得出了答案。他想看看武王和吕尚是否会和谐相处，但结果是吕尚绝非那种为了家庭幸福而甘于谨慎侍奉公婆的媳妇般的人物，他的志向能够与文王匹敌，甚至可以说超越了武王。如果二人意见不同，发生了争执，经验丰富的吕尚或许会谨言慎行，但武王是尚不成熟的年轻大王，是否能够准确看透人心呢？

　　和召公奭也不易和谐相处。尽管同是姬姓一族，但同样存在关系恶化的可能，如果双方无人退让，必将频繁发生争执与矛盾。如果武王一味退让，就无法对天下做出表率。所以，周公旦决定让召公奭去北方的燕地。

　　就这样，周公旦决定了除自己之外的，包括元勋、功臣、有血缘关系者和外戚等所有人的封地。周公旦安排的这幅力量分配图，只要武王在世就能保持绝妙的平衡，不会发生任何问题，或者说不容易出现问题。

　　听完这一系列的"占卜"结果，武王松了一口气，用力点点头感叹道："天意如此巧妙，看来上天在守护着我们。"

　　接着，武王一边望着白锦上描绘的地图，一边在领地上记下每个人的名字。

　　"那么，旦，你希望得到哪里的领地？"

　　听到武王这样问，周公旦指着地图上的一处地方说道："剩下的土地只有这了。"这里是山东的鲁地。

　　周公旦是殷周革命三大功臣之一，又是王族，鲁地对周公旦而言属于偏远之地。但是，鲁的位置正好能够压制吕尚受封的东海营丘，同时也是召公奭的北燕到都城的必经之路。

"面积这么小的地方，不合适吧？"

"没有办法，这是占卜决定的。不过，鲁地能够遥望泰山，听说也是山清水秀的好地方。"

"噢！"

"等我赴任之后，再向您汇报鲁地的具体情况。"

周公旦自愿选择的土地是鲁。他对名山泰山早有耳闻，认为鲁是最适合遥望泰山的地方。泰山被称为岱宗（中国五岳的最高地位），据说古代圣王如果要封禅（天子最高级别的祭祀天地的典礼），都会率先选择泰山。

此时的周公旦，计划处理完手头事务后就去鲁地。但实际上，终其一生，他也未能踏足鲁地。

得知封地是东海的营丘时，太公望吕尚没有表露出丝毫不满的神情。最起码他清楚了一点，即大王并未打算处置自己，他心中暗想："难道这是叔旦的教唆？"同时瞄了一眼侍奉在武王身边的周公旦。

像吕尚这等的功臣都毫无怨言地受命奔赴领地，其他的家臣更是无话可说。

吕尚心想，安排得真是绝妙。

诸侯的配置可谓极其巧妙，相邻领主的秉性及军事力量形成了相互吸引或压制的状态，只要武王坐镇中央，就能确保天下不会大乱。如果吕尚处于武王或周公旦的位置，他也会拿出相似的方案。

吕尚的眼神似乎在说，"臭小子，干得不错呀。好吧，我也不喜欢乱世，如果能让我安静隐居，也不是不能接受这种安排"。不过，周公旦自始至终没有和吕尚四目相对。

"这可不行呀，臭小子，你是害怕才不敢正眼瞧我的吧。"吕尚认可了周公旦的能力，但依然认定他还不是自己的对手。诸侯的领地竟然是这个臭小子决定的，吕尚心情略有些复杂，既松了一口气，也掺杂着不满。

周公旦的想法却不同，他并不是畏惧吕尚。在周公旦看来，只要吕尚还会将某人设定为对手，说明他依然充满斗志，即便清楚对方没有恶意，他也会抑制不住地萌生斗志。所以，周公旦没有与他对视，是为了彻底避免被吕尚警戒、敌视。只要武王没有背叛吕尚挑起事端，吕尚的力量应该不会针对周朝。

诸侯们纷纷出发奔赴领地，壮行之礼极为盛大。各诸侯的族人及家臣组成了浩浩荡荡的队伍，规模犹如整装待发的兵团，地动车鸣，旗帜飘舞，向四面八方散去。

其中也包括武王的亲兄弟。武王共有十五个兄弟，族内有血缘关系的还有四十人。他们全都获得了领地。只有周公旦，在武王的要求下没有离开都城，而是让儿子伯禽作为代

## 第三章

理先去了鲁。

"叔鲜、叔度、霍叔好像不满意。"武王对周公旦说。叔鲜、叔度、霍叔是文王的三子、五子、八子。特别是叔鲜，比四子周公旦年长，内心肯定不服气。

实际上，周公旦是将重要的工作委任给了叔鲜、叔度、霍叔。他特意安排三人在纣王的遗孤禄父（武庚）的身旁，发挥监督商王朝唯一继承人的作用。武王灭掉殷朝后，在纣王的近亲中，宽恕了贤名远扬的微子和尚是少年的禄父，并给了他们优厚的待遇。武王将后来的宋地赐给了微子，命令禄父留在殷朝故地守护宗庙，此地被称为"卫"。

微子已完全归顺周朝，完全不用担心，因为他能够审时度势，且他的贤德也能为周的属国建设贡献力量。问题是尚未成人的禄父。武王和周公旦之所以将叔鲜、叔度、霍叔三位亲兄弟派过去，就是希望他们能够同时守护并监视禄父，故而他们也被通称为"三监"。这是合情合理的安排，因为必须意识到禄父具有统领殷朝遗民的能力。

殷周决战的时候，殷朝的兵士丧失战斗热情，纷纷扔下武器不战而败。也就是说，殷朝的巨大兵力原封不动地保留下来。许多殷朝遗民被移居到宋，但禄父周围依然生活着大批殷人，所以这里属于危险地带，完全有可能打着禄父的旗号谋求商王朝的复兴。这样的地方只有派近亲才能放心。

然而，被派遣的叔鲜、叔度、霍叔，却对被委派的职责深感不满。他们也隐约得知，对武王的人事定夺具有绝对影响力的人是周公旦。如此一来，他们愈加不满。

但在周公旦看来，能够安置在禄父身旁的近亲只能是叔鲜、叔度和霍叔，因为他们是具有血缘关系且有一定能力的亲兄弟。虽然也清楚他们心存不满，但为了进一步巩固周朝基础，周公旦还是希望他们能够贡献一分力量。

周公旦心想，"只要兄长（武王）健在，三人应该能够压制住内心的不满而尽心尽职"。此次的领地人事安排中，武王是核心支柱，他的存在能够覆盖一切不融洽因素。

因此周公旦回答道："叔鲜、叔度、霍叔是亲兄弟，只是一时的不满，不会永远心存芥蒂。"

在此次的封地人事中，太公望吕尚可以说是最吃亏的人。

追根溯源的话，吕尚究竟是何等人物？

按一般的说法，太公望在渭水边用没有鱼钩的鱼竿钓鱼时被文王发现，然后请他担任首席智囊。但除此之外还存在其他的传说，如屈原在《天问》中写道：

师望在肆，昌何识？

鼓刀扬声，后何喜？

（太公望吕尚在朝歌肉店之事，文王姬昌为何会知晓？看到挥舞着牛刀大声喧哗之人，文王为何会欣喜？）

## 第三章

由此来看，西伯昌是在肉店发现了正劲头十足割肉的吕尚，随后便委以重任。当时吕尚应该还年轻。

需要说明的是，屠宰卖肉的从业者都是力气非常大的人，行业内部说不准还存在类似行会的组织。他们经济上非常富裕，在贵族面前也拥有话语权，甚至掌握着左右市场的权力。如果阅读后来的《水浒传》就能发现，肉店老板屡屡会作为反面角色登场。在肉食文化中，往往容易出现这样的事情。如果换为日本的时代剧，感觉就像江户时期经营海岸航行货船的道德败坏的商人。在中世纪的法国也曾发生类似的纷乱，当时肉类从业人员对巴黎当局拥有强大的发言权，甚至能够轻而易举地筹划暴乱。

以前的日本人不食肉类，因此导致了截然不同的结果。从事屠宰、售肉、皮革加工的人员会无端遭到歧视，而且，媒体等会自主避开使用屠宰场、屠杀等词语。这堪称日本独特的异常现象。

有可能吕尚作为肉店头目的实力被众人周知，正因如此，他才有机会和贵人西伯昌攀谈。有不少文献暗示或者确定太公望吕尚曾经是卖肉者。

太公望吕尚是姜族人，年轻时自称姜子牙。姜族部落靠放羊为生，和周人同样属于半农的游牧民。但因为是藏系部落[1]

---

[1] 原文如此，但应指"古羌族"。

而遭到歧视,在殷朝曾备感艰辛困苦。

一部分姜族人,在舜禹时代因帮助治水而得到认可,立功后被赏赐了吕、申之地(位于现在的河南省)。太公望应该是曾经居住在吕地的姜族子孙,所以自称吕尚,意思有点像"吕地的阿尚",这个名称也在后来逐渐固定,姓氏一直是"姜"。据《史记》记载,吕尚为东海之畔的人,他的父母几经迁移,最终定居在东海。

太公望吕尚的封地正是东海之地,这么说来,吕尚也算是衣锦还乡了。但实际情况不容乐观,他非但没有受到欢迎,反而马上被迫进入战斗状态。在吕尚一族还未来得及休整、喘息的时候,就遭到了东夷土著莱人的袭击。经过力战才击退了莱人并取下了酋长首级,最终平息攻击。

当然,吕尚在赴任之前也搜集了翔实的信息,对东海的情况有所了解,也预测到将会与莱人发生激烈冲突。因此在进入营丘前,吕尚已经做好战斗准备,战斗造成的损害较小,并能够在短时间内驱逐莱人。

吕尚估计会恼火地想:"这应该是叔旦预先设想好的,把这么麻烦的地方塞给我。"这就相当于吕尚及其族人接受了讨伐命令,征服了那些尚未服从周的部族。

经过两度迁都,吕尚一族最终定都临淄。不过那是太公望吕尚数代之后的事情了,那时的齐国已经如吕尚所愿成了超级大国。

# 第三章

除了现世的人事安排，周公旦还需要处理另外一些事情。如前所述，武王专门寻找古代圣人圣王的子孙进行了封赏，但对殷神尚未完成"礼之处置"。这种情况下的"礼之处置"，意思等同于"灵之处置"。如果对殷的族神及鬼神放任不管，可能会招来灾祸，因此需要采取怀柔方式使它们屈服于周。这与之前的占卜不同，必须毫无谎言、诚心诚意地去做。

周公旦叫来殷地史官和卜官，详细询问情况后，慎重地举行了召唤、镇魂之礼。

《周颂·振鹭》中这样写道：

振鹭于飞，于彼西雍。
我客戾止，亦有斯容。
在彼无恶，在此无斁。
庶几夙夜，以永终誉。

（一群白鹭飞到西边泽畔，实为前来助祭的客人，白鹭般飒爽的身姿，在宋地无人憎恨，来到周国同样无人厌恶，希望日夜勤勉，永保美誉。）

这首诗歌的意思是：鹭代表夏殷王统，展翅飞来为周朝助祭。白色为殷朝之色，白鹭是其象征。殷朝诸神本是周朝的客人，却毫无怨言地为周的祭祀活动服务。

另外，《周颂·有客》中这样写道：

## 周公旦

> 有客有客，亦白其马。
> 有萋有且，敦琢其旅。
> 有客宿宿，有客信信。
> 言授之絷，以絷其马。
> 薄言追之，左右绥之。
> 既有淫威，降福孔夷。

（客神来造访，乘坐白马，前呼后拥，就连随从亦是光彩照人，客神端庄勤恳。饯行之时，主人手拿绊马索，拴马留客，客神走时远相送，左右热情去慰送，马儿高声来嘶鸣，上天降福降平安。）

周朝举办祭祀活动的时候，殷的祖神作为客人被邀请。按照客神参同之礼，用绊马索拴住象征着殷的白色烈马。如若能将此马驯服，就能成为贵客，并能将福气同时迎进来。

对于力量强大且有可能造成危害的其他部落的神灵，周采取了先镇压，再将它们转变为能协助自己的力量的方式。这正是带巫术色彩的咒术。对周公旦而言，让殷神参与周的祭祀活动是重要且不可或缺的事情，绝不亚于现实中为诸侯分封土地。

## 第四章

在周公旦准备出发去鲁国赴任的时候,传来了武王病倒的消息。周公旦已让儿子伯禽先去鲁地着手地方治理,现在自己终于能去鲁赴任了。但武王病倒之事过于紧急,周公旦只能推迟赴任的日期。

周公旦心急火燎地去看武王,一种从未有过的不安笼罩心头。

"千万不要有什么问题!"周公旦心里想着,步履急促地穿过宫殿,赶到武王枕边。

武王身体欠佳并非是近期才开始,而是持续了数年。作为统领西岐联军及周朝的首领,难以想象那些年武王的身心承受了怎样沉重的压力。

所有问题的根源都在于周朝国力的脆弱。历史上总认为周朝是作为新兴的势力顺流而上,诸侯竞相归顺,并以压倒性的力量一举灭了殷。但事实并非如此。

文王去世之后,投奔西岐的各方势力起初并不信任武王。尽管武王具有超凡的能力,但在统领、管束这种联合势力的过程中,随时面临四分五裂的危险。在出兵讨伐殷朝的时候,每次都要携带文王的木主,也完全出于这一原因。《周颂·维天之命》中这样写道:

> 维天之命,於穆不已。
> 於乎不显,文王之德之纯。
> 假以溢我,我其收之。
> 骏惠我文王,曾孙笃之。

(此为天命。啊!无比庄严粹美。啊!文王品德多纯净,辉煌且光明,其德使我慎,我们永继承。追随文王之道,子孙永力行。)

接受天命的自始至终都是文王,武王只不过是在坚守、继承。

若有一位伟大的父亲,他的儿子确实会异常辛苦。不论是怎样的公司或集团,第二代总要承受众人挑剔的目光。武王为证明自己确实继承了文王的天命,也具有与文王匹敌或者超越文王的能力,一直在不懈地努力。

在外交方面,尽管有违本性,武王仍然要时而虚张声势地强装蛮横,时而献媚般地讨好强大诸侯。一直跟随左右的周公旦心里清楚,武王是劳累过度。

## 第四章

灭殷尚不到两年，真正成为华夏九州之主的是武王，并不是受天命的文王，武王才是真正的开国之君。每一位开国之君都要面临大量问题，武王的勤劳、努力亦颇见成效，他自己的威德已经逐渐被天下诸侯认可。

与生俱来的超凡能力，再加上实际的政治功绩，将会使武王的天下稳如磐石，不会有任何人反抗生事。作为名副其实的王者，武王君临天下的日子即将到来，周朝国泰民安的关键依然掌握在他手中。而在如此关键的时期，如果武王病倒了，周朝体制将濒临崩溃，更确切地说，应是必然崩溃。周公旦在担心兄长身体的同时，也在考虑现实问题。

武王躺在床上，旁边围着群臣及医官。

"大王，我来了。"

武王的脸色极为苍白，但意识清晰。

"哦，是叔旦呀。不能为你送行，实在抱歉……"

周公旦看了一眼武王的脸色，略微放下心来，武王还没有处于死神的阴影下。

"大王，臣恳请推迟去鲁地赴任的日期，在政局多难的时刻，我希望能够留下来成为王兄的左膀右臂。"

"你愿意这样做吗？如果你不主动提出，我本打算开口拜托你。虽然能干的心腹大臣不少，但若要委以重任，我还是放心不下。"

听武王这样说，周公旦便恭敬接受了。

周公旦询问了医官，他们都说武王的病因是过于劳累。

"首要是好好调养，安静休息，这样肯定会病愈。"普通得不能再普通的治疗方法。

周公旦心想，"单靠调养远远不够，唯一的方法是让兄长身心得以休息，但这肯定难以实现"。

在周公旦看来，武王真正的病因在于王位，作为大王的沉重责任把武王压倒了。

但是，如果武王不再是大王，周朝将顷刻间失去凝聚力。周公旦希望武王至少能坚持到长子长大成人，但武王的嫡子两个月前才出生，还在襁褓中。

武王是一位诚实且责任心强的君王，即便和殷朝的大战结束之后，他也未曾休息一日。他每天为国事奔走，为国策费心。周朝尚未建立正式的官制，最为关键的"礼"也不完备。

现在的周，就像短时期内从发展中国家摇身变成了发达国家，要从旧体制脱胎换骨，而这一过程必将伴随着巨大的困难与痛苦。武王内心斗志昂扬，决意独自背负这一使命。周公旦有机会就劝说武王注意休养，但出于责任感，武王根本无法停歇。

后来，武王被严重的失眠困扰，周公旦也深为担忧。他每次去见武王,武王嘴里说的都是对周的忧虑。

"对你就直言了。我总在想,商朝为何会灭亡?我们绝不能重蹈商朝的覆辙。据说在你我出生之前,上天已不再接受殷人的祭祀,这种状况持续了六十余年。在此期间,郊外害兽横行,农田布满害虫,农作物尽数被毁,百姓哭泣无助。正因为上天不再接受殷人的祭祀,才会出现这等惨状,我们周朝才能兴盛并建立王业。但以前上天允许殷建国的时候,殷王任用了三百六十余位贤者。然而后来的殷王昏庸无度,致使上天无法原谅。我灭掉了这样的殷朝,创建了周朝,而实际上,现在的国情还不如殷朝建国的时候。我还没有完全获得天命,根本没有时间睡觉。"

据《论语》记载,武王曾说,"予有乱臣十人"。

"乱"有两层含义,在此为"治理"之意。上文中的十人具体指周公旦、太公望吕尚、召公奭、毕公、荣公、太颠、闳夭、散宜生、南宫括、太姒。

还有一次,周公旦夜晚被召见,只见武王正在为国事一筹莫展,并且提出:"我想设置天室,通过天室,将我们日夜的事业及道德传至四方。"

所谓的设置天室,就是要营造上天认可的都城。

"想安心入睡,要等到完成之后。"

于是周开始建造新都。建都、安抚四方、实施良政,武王似乎认为,只有这样做才能够缓解内心的不安与孤独。

地点的选择尤为重要。周公旦为武王出谋划策，显示了他丰富的地理知识。最后选定的理想的地点是雒。

"的确，由此看来，这里堪称天室之地。"

占卜后得到的是吉兆，于是武王马上奔赴雒邑（今洛阳），建造了豪华的都城。

武王迁都雒邑。但实际来到这片土地后，武王发现很多时候无法洞察天下的局势，总会感到心神不宁。于是武王很快回到了镐京，又恢复了以前来往于镐京与丰邑间的生活。

推翻殷朝之后，武王并没有讴歌世间的美好春天，也没有时间尽情体会天下王者的心境。他每日埋头理政，为天下事务焦心、劳思。如此的勤勉品质是武王的美德，他被后世誉为圣王也完全受之无愧。不过，如若以苛刻的眼光看，从这一点上，也可以说武王缺乏王者的素质与能力。

作为头领或是王者，应该更为沉稳大胆，才能让群臣及百姓感觉安心。认真并非坏事，但如果身处武王这种地位的人太认真的话，很容易导致精神压力过大而终日郁郁寡欢。

周公旦意识到，只有一个办法能够治愈武王的疾患，就是有人替武王分担重任，只要能分担一半就可以。总之，必须设法减轻压在武王肩膀上的沉重的担子。

"除我之外，别无他选。"周公旦心情沉重地思考着，而关键问题是,如何才能在避免任何摩擦的情况下为武王分担重任。

武王久病不愈,各地诸侯屏息相望。

为了探望武王,诸侯们陆续汇集在镐京。

自文王以来的重臣散宜生提出,"为了大王早日康复,应该举办祭祀",而且已经着手准备。他所说的祭祀活动,需要杀死数百人作为供品,把替代武王的生命奉献给宗庙或上天。这在当时是理所当然的除病方法。

"如果我这把老骨头能替代大王的生命,随时可以去死。"散宜生自己也打算舍身救主,于是召集了巫师,计划举行祈祷武王病愈的祭祀活动。

牛、马、猪、羊等都是可以献祭的供品,但在最重大的场合也会杀人作供。殷朝如此,西岐也这样做过,杀死奴隶或志愿者来祭祀。

在这事关天下的紧急时刻,太公望吕尚和召公奭等人也赶来了。有人按照当时盛行的习俗,提出应该抓紧龟卜。吕尚一反常态,并未提出异议,而冷静提出反对意见的人却是周公旦。

"如果在宗庙占卜,只会导致祖先魂灵陷入忧虑,我们不能让鬼神不安或悲伤。"

周公旦从王宫御医口中全面掌握了武王的病因,并且了解到,武王远不到病危状态,完全可以继续活下去。

如果占卜结果是凶兆，疾病反而无法祛除，事态将无法挽回。周不是殷，不可能为得到吉兆多次反复占卜。

周公旦曰："未可以戚我先王。"意思是说，现在还不能让武王去先君之处。周公旦还说："上天已经不再接受百姓的活供品了。"

"叔旦，那你说该怎么办？难道要无视'礼'？"

"龟卜是要进行的，但那是之后的事情，是为知晓上天是否听到了我们的祈愿。您想一想，殷朝为了祭祀或消灾，屠杀过许多人，但最终毫无效果。那是因为上天不再享用这类供品，也不再希望出现杀人祭祀的事情。殷灭易周，周朝必须改变这类做法。"

"什么意思？"

"如果天意变革，'礼'也理应改变。"

"那么，叔旦，你打算为上天奉上怎样的供品？"太公望吕尚疑惑地问道。

周公旦实际打算用自己的身体去探究这个问题的答案，但他并未坦言，而是慎重地选择了措辞："周应该遵循的'礼'，需要今后具体制定，总之不应沉湎于古礼。"

随即又说道："各位，此事能否委托于我。首先，需要有人探明究竟如何才能符合天意。我希望能代替大王做这件事情。如果我的做法不符合天意，是错误的，如果在我死后，大王依然没有病愈，散宜生大人，到那个时候，您可以带着那数百人将生命奉献给上天。"

"叔旦,你想改礼制吗?"

"不是,现在只是希望能够遵循上天的意愿,能够符合天意。"周公旦答道。

重臣们商议之后,决定把此事交给周公旦。

重臣们已看出,周公旦具备文王拥有而武王缺乏的能力,即深入追究"礼"的力量及贤者的威望。在众多的兄弟之中,除了武王外,只有周公旦与先君文王最相似。文王任"西伯"的时候,也是废除了诸多旧弊,勇于修改礼制。

"正因为拥有文王的志向,上天才会降天命于周。"

于是大家达成了一致意见,不论周公旦的具体方案是什么,委托给他肯定没错。

太公望和召公奭也只能如此,心中暗想,"如此一来,这就是姬姓家族的问题了,我们不必强行干涉,看叔旦怎么做吧"。

周公旦打算亲自为武王的病祈祷,这恐怕会成为新的尝试。

当时有一部分巫师长期服务于宫廷,并成了太史、卜官等礼官。周公旦对他们说:"我与武王同姓且血缘关系浓厚,若由我来替代,必将胜过其他数百人的祭祀供品。"

虽然不再需要大量的活人做供品,但必须以眼睛能够看见的形式举办祭祀活动。同时，这也是政治上的需要，通过此类展示能够让群臣及百姓们安心。但另一方面，周公旦对自己主导的巫术技巧并不缺乏自信，他似乎听到一个声音在督促自己这样做。

周公旦先去武王的病榻前探望，随后戒斋沐浴，在庙堂前坐了数日。那个时候，他听到了某种不可思议且充满力量的声音在对他讲话。

"难道那是身处大地的后稷的声音？"

周公旦并没有奇妙的感觉。在他看来，这一切都很正常。

周公旦自少年时期就跟随父亲文王、史官，甚至包括当地的巫师学习礼和占卜术，也和姬姓祖先后稷一样对农业颇感兴趣。后稷作为植物管理神，原本拥有操控土地的力量。植物扎根在土地中，朝着天空生长，所谓的"农之礼"，目的是激发大地的生机与活力，其本意就是生命力本身。而这种力量就存在于地底。

周公旦感到，这一次应该把自己供奉给大地，而不是上天。商谈的对象也是大地，而不是上天。

如果拘泥于旧礼就无法实现这一目标。虽然要以旧礼仪式为基础，但在意识上存在微妙的差异。

"周礼，应该这样来生成、发展。"

可以说，周公旦是带着明确意图进行礼制改革的，正如古代诸多圣人、圣王一样，他既是政治家，同时也是巫师。

## 第四章

举办祈祷武王病愈活动的那一天,在镐京城的南郊外,王族及重臣们在远处守望,周公旦带领着几名典礼官走来。他身穿纯白色礼服,刚洗过的长发披散着,并没有梳成发髻——不梳发髻是当时巫师的打扮。

随后,周公旦独自走上祭坛。强风时而吹来,白衣飘扬,犹如飞舞的鸽子,周公旦对此毫不在意,一直闭着双眼,英姿飒爽地伫立在那里。

整个步骤全由周公旦决定,此前周公旦曾亲自清扫地面,然后在那里堆土建坛。

"周公于是自以为质,设三坛,周公北面立,戴璧秉圭。"

周公设立了四坛,其中三坛是为了向三代祖先祈祷,具体指太王、王季和文王。周公旦将自己作为人质,但并不是供品。《书经》中使用的不是"质"而是"功"字,即"自以为功"。

如果按字面意思去理解,就是将为武王延命祈祷作为自己的义务,这种解释应该更接近于周公旦的本意。

面南设有三个祭坛,周公旦登上其中一坛,面北而立,头顶璧,献给上述三王的祭坛,同时手执玉圭。璧和圭同为宝玉,"璧"是扁平的环状玉,"圭"是多角的柱状玉,似乎也可作为武器使用。当时的圭据说有九寸。

周公旦双手捧圭,跪地奉上,默默地向三王的神灵祈祷。此时周公旦做了一系列动作,先用左手持圭,右手伸掌,从头顶慢慢地垂到地面,并且重复做了三次。随后右手持圭,用左手做出似乎是劈天地的动作,同样反复三次,并在三王的祭坛前分别操作。周公旦的动作,在远处的群臣看来犹如仙鹤飞舞,而且是所有人从未见过的舞姿。后来这套动作被定型附曲,并被称为"文王之舞"。

周公旦已经事先写好对先王们陈述的文章,他命史官们高声诵读来进行祈祷。

"惟尔元孙某,遘厉虐疾。若尔三王是有丕子之责于天,以旦代某之身。"

元孙某即指武王,因避讳未敢直呼其名,大致意思是:你们的亲子孙正在经受疾病的折磨,或许三王出于对上天的责任打算召唤武王,但三王同时也有守护子孙的责任,故而恳请让公旦代替武王。

自己的生命随时可以奉上,周公旦祈求用自己的生命换来武王的病愈。

周公旦已处于深度冥想的状态,耳不闻,眼不观,却在用闭着的双眼寻找三王。周公旦的视力能够达到地下深处,正在探寻三王神灵的所在。要让神灵们能够听到祝文,前提是要确保他们都在。刚才所做的劈开大地的动作,并非是提前设定好的,而是为了清除地下的土地及岩石,为了寻找祖先而做出的无意识举动。关键是要真正召唤出鬼神,如果无视鬼神,态度不逊,就不是真正的"礼"。殷朝的灭亡正说

## 第四章

明了这一点。正因为如此,今后的"礼"一定要改变。

周公旦暗中将视力集中在地下的时候,在旁人看来,他正冲着地下招手,或者正在强行拉拽着什么。实际上,他是发现了三王的所在。

"啊,各位神灵都在呀。"

周公旦向似乎存在的神灵们打着招呼。

"恳请各位倾听我们的祈祷,请在三坛驻留片刻。"

在周公旦的再三劝诱下,三王的神灵停留在各自的祭坛上。

"听到我们的祈祷了,谢天谢地!"

祈祷文的诵读还在继续。

"予仁若考能,多材多艺,能事鬼神。乃元孙不若旦多材多艺,不能事鬼神。"

意思是:我周公旦具有仁德,能尽心侍奉父王,且多才多艺,如若能侍奉近旁,神灵们必定不会无聊。而兄长姬发不如我这般多艺,他无法满足各位神灵的需求,如果能召唤我去,肯定会更有意思。

估计周公旦一边撰写祈祷文,一边苦笑着向病床上的兄长道歉。

周公旦向祭坛叩头,纹丝不动,三王就在祭坛之上。他祈祷自己能够替代武王,并为此而不断地自我夸赞。

"兄长建造了天室,成了受天命的大王,他刻苦勤勉,教导并保佑着四方百姓。正因为如此,各位神灵的子孙才能安居乐业,四方百姓也无不敬畏兄长。如此伟业,我公旦及其他兄弟都没有能力完成。各位神灵,如果你们想现在召唤兄长,这是错误的决定。希望先王们务必保佑,避免降到周朝的天命再次坠落,唯有如此,始祖后稷以来的各位先王才不会失去依归之所。"

虽然是祈祷文,其中也夹杂了近乎恐吓的语言,意思是:如果现在武王死了,你们也将失去后路。

如若想要和鬼神及天地接近,不能单纯地奉上供品来祈祷平安及驱邪,也不能对鬼神颐指气使,此类做法已无法跟上时代的步伐。毋庸置疑,在与鬼神接触时,需要对肉眼看不到的力量表达敬畏之情,同时也需要具备一定的知识及气度,才能够与鬼神展开势均力敌的交锋。这也是关系到政治的力量。周礼必须遵循这一原则,周公旦计划着手的礼制改革,最终目标就在于此。

周公旦继续潜心进行祈祷。

"想说的就是这些。"

虽然和人类略有不同,但周公旦感觉到,三王从祭坛上传递出为难之色。

"接下来,我将使用龟甲,让众人清楚看到各位神灵的意向。如果各位听到了我们的愿望,我将带回璧圭,静候保我兄长性命的吉兆。如若众神灵不许,说明我未能侍奉好神灵，请将我的生命与宝玉一同收去。"

在古代世界，宝石及宝玉被普遍认为是神灵们喜好的物品，也被视为神灵依附之物，或用作重要的巫术工具。

"是否说得有些过分呢？"

周公旦也在反省，但他想以此向神灵表明自己坚定的态度。

周公旦正要从深度专注的冥想中抽身上浮到现实中时，感觉从文王所在的祭坛传来了呼叫声。他扭头朝下方一看，发现了文王的神灵。

"父王！"

没有语言，只见文王表情忧伤地左右摇头。仅凭这个动作，周公旦已察觉文王的意思。

"这次或许没有问题，但兄长的寿命不会长。"

周公旦继续上浮，终于脱离了冥想状态。周公旦原本保持跪着的姿势，此时一下仰面倒在地上，并气喘吁吁、咳嗽不止。他的状态酷似在没有任何设备的情况下直接潜入水中，然后又浮出水面的人，这实际上并非单纯的比喻。

侍奉在一旁的典礼官，全都瞠目结舌。他们已经察觉到，周公旦刚才做了非同寻常的事情。倒地的周公旦慢慢用手撑着地坐起身，刚要站立，脚下一滑，就从祭坛边缘滚落了下去。史官和贞人们赶紧跑上前。

周公旦喘着粗气说："我没事，不用管我，赶紧准备龟卜，倾听三王的回答。"随后，周公旦再次登上祭坛，面北朝着三王的祭坛。

龟卜的时候允许重臣们靠近祭坛。在四个祭坛的围绕下，架起了三堆篝火，将两个人才能抱动的巨大龟甲放在火上烘烤，重臣们在近旁观看。龟甲有三个，分别表示三王的意思。

所谓的"龟甲占卜"，是事先准备好龟甲，提前在上面钻好孔，然后放在火上烤，或者将燃烧的木柴塞进孔中。有时也会将想询问的事项直接刻在龟甲上。龟甲被加热后会发出"啪啪"的声响，同时会出现裂纹，占卜师通过裂纹来判断吉凶。三位熟练的贞人，屏住呼吸等待着龟甲裂开的瞬间。

其中一片龟甲发出响亮的声音裂开了，其他两片也相继裂开。烤焦的龟甲被从篝火上取下，放在清扫干净的地面上。三位贞人目不转睛地盯着他们各自负责的那片龟甲。在龟甲裂开后，怎样的裂纹算是吉或者凶，有时难以清晰判定。据说判定方法由卜官子孙之间代代相传，绝不会传给外人。此次要询问的事项是"武王能否病愈"，但没有把文字刻在龟甲上。周公旦特意命令要选用新龟甲。贞人注视着植物根茎般的裂纹。

周公旦站在祭坛上望着这一场面。龟卜，特别是没有雕刻的占卜，可以随意地进行解释。吉凶结果已无关紧要，卜官们不可能说出不吉的结果。

"我向三王问卜,得到了回答。"

周公旦心里想着,俯视着眼前的一切。

很快传来了喊声:"是吉兆。"

"这边也是吉兆。"

"我们这里也是吉兆。"

三片龟甲都被判定为吉兆。

周公旦命令道:"把占兆的箱子拿来。"

箱子里藏有竹简,其中写着周公旦提前卜筮的结果,但特意没有判断吉凶。所谓"占兆箱",就是指存放预先占卜结果的箱子。既然有三王的龟卜,剩余的一个祭坛,即周公旦站立的那个祭坛,也应该有相应的占卜。

箱子打开后,竹简被递给了周公旦。竹简上写的几乎全是数字,比如日期、分筮竹的次数和分好后剩下的根数等。周公旦有意减少殷朝那种带有明确目标性的占卜方式,所以没有对占卜结果做出判断,而是直接藏了起来。

周公旦读着竹简上的数字,脑中浮现出占筮场面。

"是凶兆?不对,无法如此断定!"

结果不可思议地模棱两可。

"估计兄长还能再活一段时间。如果是凶兆,兄长将离世,我会活下来,但这一结果未必是凶兆。如果是吉兆,兄长能够活下来,我将会死。"

数字表现出了暧昧性,"看来有必要改良卜筮的方法",

此想法在周公旦的脑中一掠而过。

不过，要告知大家的内容早已定好，周公旦满脸喜色地喊道："预占的结果也不是凶。由此来看，显然大王会健康长寿。方才我从三王那里得到新的命令，大王将会长久治理国家，三王的神灵会守护大王完成这一使命。因为上天期待我们的大王能够作为天子尽心行事。"

听到周公旦的一番话，在场所有人都被一种无法言表的安心感笼罩。

但周公旦并没有把预占的竹简给任何人看。他趁着众人沉浸在喜悦中而无人注意，急忙将竹简与祈祷文一起装进了金縢（金色带子捆绑的匮）中，然后紧紧关闭，并叮嘱负责仓库管理的史官："把这个金縢藏在最隐蔽的地方，不许告诉任何人。"于是，金縢被藏在不易被发现的角落。

第二天，武王的身体明显好转。或许是听说了周公旦的祭祀结果，在精神上有所放松的缘故，武王脸色逐渐红润起来，几天后便能下床了。很快，武王便不顾重臣及家人的劝阻，又开始埋头处理政务。看来他是一位所有事情都要亲力亲为才能放心的大王。

从这件事情后，周公旦愈发获得众人的尊重，同时也开始被大家畏惧，因为他具有与三王神灵沟通的能力，在自己没有作为替身丧命的情况下，最终实现了武王病愈的目标，这应该是其品德所致。即便如此，周公旦没有丝毫傲慢，或耍威风，也不让人望而却步。此前与周公旦并不熟识的人也开始尊重他。

但人们并没有注意到，周公旦的表情已不像往常那样轻松欢快。

周公旦只对妻子和二儿子黯然神伤地透露过："兄长自己又开始忙于政务了，劝阻也不听，看来我还是无法为他分忧。"

周公旦心里明白，兄长寿命将尽，他必须考虑武王去世后的对应策略，并在不被任何人察觉的情况下开始着手准备。

## 第五章

　　武王姬发驾崩。

　　这是武王即位十三年的事情，享年不详，确切的死亡日期不明，据说是公元前1100年左右。由于死得过于突然，没来得及再次举办祭祀祈祷。

　　在盛大葬礼尚在进行的时候，周公旦已开始担心，天下的平衡将面临土崩瓦解的危险。武王在封侯及决定官职人事时，几乎全盘采纳了周公旦的意见。这种人事安排自始至终都是以武王为中心的，而武王却在为周朝奠定国家基础的时候过早离世。

　　周王朝的基础还有一半尚未完成。周朝现阶段的统治区域，即便往多了估算，也只是勉强占据中原的三分之二。周的属国四处潜藏着大大小小的隐患，如果纷争不断，结果极有可能陷入战乱状态。

　　武王的嫡子（即太子姬诵，谥号周成王）还是幼儿，武

## 第五章

王侧室所生之子[1]姬虞(唐叔),年纪也差不多。如果让尚为幼儿的成王即位,必然需要监护人,即设立摄政。

宫廷内的官员们首先推举的是周公旦。从周公旦的平日态度及言行举止来看,若要辅佐成王,没有人比他更合适。最为关键的是周公旦属于王族,和散宜生或南宫括等人相比,他担任摄政不会显得过于突兀。另外,召公奭也是众人推举的对象,大家希望周公旦和召公奭两人携手辅佐成王。但与周公旦不同,召公奭不能常驻周都。最后,周公旦任太史,召公奭任太保。

听到大家的请求时,周公旦当然是再三推辞,最后是他的嫂子,也就是武王的王后亲自出面劝说,周公旦才对还不会说话,只能坐在那里的幼儿姬诵低头行礼:"谨遵王命。"

此前为武王举办祭祀祈祷的时候,周公旦已预感到武王命数将近,也清楚自己将承担国家重任,"周朝兴盛抑或衰败,全部重任都将落在我的肩上"。

周公旦深知自己应该替武王分担重任,但没有预料到,这副重担会如此快地落在自己身上,而且已不是分担的问题,是要担负起全部责任。他内心并没有权力欲望得到满足或者大权在握的喜悦,有的只是令人恐惧的巨大压力,"尽管我也出身王室,难道真的要在众人前面南而坐吗?"

---

[1] 原文如此。据现有中文常见资料,姬虞与姬诵为同母兄弟。

当时已有流言蜚语，称周公旦为"周王旦"，说他名为摄政，但在成王具备判断能力之前，周公旦是事实上的周王。

成王终于开始牙牙学语，见到周公旦会亲密地跑过来，叫"叔父，叔父"。孩子的长相颇似已故武王，非常可爱。他命中注定要成为庄重的王者、中原的主人。

周公旦不断提醒自己，作为成人理所当然要做到的，是守护幼儿的安全，并对他精心教育，"如果只是成为众人攻击的对象，诸侯对我如何非难都无关紧要，可是……"

周公旦忧心忡忡。

在武王丧礼期间，周公旦经常坐在祠堂前，甚至接连数小时一动不动。他紧闭着双眼，眼前浮现的是周朝领地以及各地领主的全景图。这并非一张静止的图画，而是在不断变化、不停蠢动。如果过于专注地去审视画面，会让人感觉头晕目眩。

"就像一块满是断线的帛，上面的字也是模糊不清，"但周公旦至少清楚了当务之急是什么，"我的兄长管公（管叔鲜），还有那一位。"

这里所说的"那一位"，当然指的是太公望吕尚。

周公旦心中期待，如果能把这块帛上的纵线重新织好，横线也就好处理了。

参加完武王葬礼回齐国的归途中，太公望吕尚在车上一

## 第五章

直表情严肃凝重。儿子吕伋以为父亲是在悲痛悼念去世的武王，没敢出声打扰。

吕伋太单纯了。吕尚绝非那种沉溺于感伤的男人，他的大脑正像出兵伐殷时那样飞速运转，不，应该说比当时转得还快。

吕尚抱怨道："虽然没被除掉，但保不准会有更凄惨的遭遇，我都这把年纪了……"吕伋一脸懵懂，并没有听懂父亲这句话的含义。如果吕尚说出心里话，"上天想让我这把老骨头夺取天下"，吕伋或许会被吓瘫在地。

吕尚绝对不是那种易被情感左右的臣子，他不会总想着如何报答文王的恩义，如何表示对武王的忠义。

"为了我的领土，为了守护我的族人，只能由我来夺取天下。"

吕尚的想法与逐鹿野心稍有不同。"没有办法，因为没有办法才会采取行动。"这位神谋妙算的耄耋老者，只是凭借他那并未因年龄而迟钝的卓越头脑，得出要夺取天下的结论。

"哎，只要武王还活着，我就没有必要在余生谋划此等事情，看来有晚节不保的危险！"此类感慨或许也是他的真心话，但经过冷静分析后，吕尚判定周朝会和武王一起丧失天命。

只要武王健在，依据周公旦最初的方案配置的诸侯势力分布图，可以说近乎完美。但其中的最大弱点，就在于将武

97

王设定为极端的中轴。不过当时周朝刚刚建国创业，只能最大可能地利用武王的个人力量。

但武王离世太早了，只能说他不是一位合格的国家创立者，尽管这样说似乎在责怪死者。但武王的去世，的确会令天下陷入混乱与战火之中。这对民众来说，灾难程度也许会超过殷王朝末期的暴虐。

以武王为中轴的周王朝，建立时间仅有十年。如果创业者在尚未将国家社稷托付给下一代守业者的时候就撒手人寰，即便国家能够得以存续，创业者的功劳也会被别人抢夺，至多会在形式上受人祭奠。如果不能留下自己的血缘子孙，政治上的伟业也会被下一代当权者抹杀殆尽，如此一来，武王的名字就会从历史上消失，或者说影响力微乎其微。

在太公望吕尚的眼前也浮现出一幅图画，那是破绽百出、危机四伏的周王朝。吕尚凝神注视着画面。

画面中，周公旦取代了武王的核心位置。但在吕尚看来，周公旦的重量太轻，根本无法顶替武王。他心中暗想："重量不足的问题将会成为导火索吧。"

首先是武王的手足兄弟。在十五位被封侯者中，有七位占据重要地域且身居要职，如果他们反对周公旦，将会是怎样的结果呢？

另外，文王的外戚中，占据要地并担任要职的有十余人。如果成王身居王位，周公旦作为监护人也算安分守己、言听计从，这些人或许没有太多不满。而一旦周公旦颁布一系列政策干涉他们的领地、人事，他们会立刻反抗、对立。如此一来，即便是积极拥护周公旦的散宜生、南宫括等人，也没有能力支撑局面。

周王家族通过联姻的方式，与强大势力及分散在周边的诸多部族间构建了复杂的关系网。若想公平地或者说强硬地处理好彼此的野心及利害关系，需要文王的德治或者武王的武治。在吕尚看来，对于如此复杂的关系，单靠周公旦的那套"学者型"的政治策略，估计连十分之一都无法把控，故而必定会引发纷争，战火也会波及吕尚管辖的东海齐国。

而且，还有诸多至今仍未归顺周朝的势力。蛮夷诸国依然存在，包括在殷朝末期国力曾被严重削弱的人方等。如果周朝发生内乱，他们必定趁势出兵，其中力量最大的当属盘踞于淮水流域至荆楚的氏族。在殷、周等中央集权国家诞生之后，他们表面采取了臣服态度，但依旧称呼自己的族长为"王"，依靠内部力量构建了完全独立的国家体制。对这些氏族绝不能等闲视之，最好能够尽快将其消灭，或者说最大限度地弱化他们的力量，以防他们日后成事。消除淮夷荆楚的部族联合，是武王未能完成的事业之中最为紧急的一项。

另外还有不少势力，虽然在文王统治时期臣服于周朝，但主要原因是在反殷大业中和周朝有着一致的利害关系。而在缺少武王的情况下，他们随时有可能背离周朝。羌族、蜀族，还有召公奭一族的召方等，如果认定他们全都与周王家同床同梦，那就过于天真了。

在吕尚看来，周公旦的体制不仅力量薄弱，而且处处存在隐患，无法长久维持。包括周的军事力量，主体依然是征讨殷朝时的联合势力，当然其中也包括吕尚统率的兵力。周公旦能够完全驱动的势力只有西岐的农兵，而这部分兵力还需要再度分配给周王家的各兄弟及亲戚。如此一来，姬姓本家的武力实际上所剩无几。如果不借助吕尚或召公奭的力量，周公旦可以说没有能力镇压任何反叛行为。

周朝王族内部的不和与矛盾将会演变为纷争，以此为导火索，周围势力也会被卷入纷争之中。夷狄戎蛮的势力如果再趁机暴动，中原将变为战乱频发的地狱。当然，吕尚原本打算安度晚年的齐地也不会幸免于难。

"由我来统治天下才能防患于未然，避免灾祸，"吕尚心想，"没有别的办法，只有我，才能够做到这一点。"

不论是周公旦，还是拥有庞大势力的召公奭，都难以避免最坏情况的出现。

只有自己才能做到的自信，再次将吕尚在灭掉殷朝之后一度抛弃的魔性唤醒。吕尚清晰地意识到了这一点，同时不断告诉自己，此次起事完全是为了防止中原大地坠入地狱。

这样既能炫耀本人的才能，还能最大限度地为我方谋利，岂不快哉？

但如果只是出于私心行事，必定会造成危害，此类廉耻心及自控力，吕尚还是具备的。

"第一步，应该这样走。"

吕尚一边注视着脑中浮现的画面一边思索，他计划利用周王家现有隐患，巧妙地改变局势。如果能将周王朝的"脓包"一次性清除，之后再整理周王家就轻而易举了。周公旦必将下台，周王朝也会被逼到崩溃的边缘。尽管这样做有些对不住周公旦，但也没有办法，这是为了以最小的牺牲防止华夏大乱的策略。

"首先是那伙人，就是禄父以及管叔鲜等三监。"

吕尚将具体计策传授给家臣武吉，让他开始接触周王家现在面临的最为棘手的隐患。

太公望吕尚，这位富有军事谋略的魔人完全没有衰老，再次展示才能的意识即将觉醒。

宫廷内部的家臣们也许会认为立周公旦作为监护人最为妥当，而外部的人未必是同一意见。

特别是武王的亲兄弟们，对此并不能坦然接受。文王的儿子中获得分封的有十五人，其中有一半对周公旦的摄政较为反感。

周公旦

"为何我要听命于那个假装正经的家伙？"

兄弟之中，最为愤愤不平的是比周公旦年长的管叔鲜。

叔鲜为武王的同母胞弟，文王的第三子，因为被封在管地（现在的河南省郑州市管城区），也被称为管叔鲜。

"成王还是孩子，如此一来，叔旦就是实际的大王。"

起初，叔鲜也赞同周公旦任摄政，但心中的不满却是与日俱增。

"为什么是这样的结果！"

管叔鲜时常向周围人发泄不满，但要说会采取什么实际举动，倒也不会。管叔鲜绝非无能之辈，算得上是有能力的人才，而一旦提及自己与周公旦的地位差异，立刻心态失衡，牢骚满腹。既然身为周公旦的兄长，自己当然有成为摄政的资格。再进一步讲，如果成王没有诞生，或者说万一成王今后有何闪失，自己坐上王位的可能性也很大。

在他看来，至少自己不应该位居周公旦之下。

就在此时，东方有使者来访。他缄口不报真实姓名，但从言语之中还是能让管叔鲜察觉出，此人背后的指使者是师尚父太公望。

"管公大人，我的主人体察到了您的不满，时而流露出对您的怜悯之情。管公大人，如若您不相信我，或者说不相信我的主人，接下来的话我就无法坦言了。"话说到这一步，使者依然闭口不提主人的姓名。

## 第五章

他要说的是如何推翻周公旦体制的密谋。

"管公大人,您意下如何?"

管叔鲜暗想,如果背后有师尚父的支持,此次博弈必定胜券在握。于是说道:"明白明白,愿洗耳恭听。"

"承蒙信任,无比荣幸。我们主人会像慈父一般,对您伸出援助之手。"

随后,使者向管叔鲜传授了秘策。

策略的主要内容是打着武庚禄父的旗号起兵,因为他是殷朝唯一的直系继承人。殷朝遗民大多分散在各地,但势力依然相当强大。在武王攻打殷都的时候,他们倒戈或放弃抵抗给武王让路,主要是因为实在无法忍受纣王的暴虐。尽管如此,他们并没有完全归降周朝。而且,圣王的儿子禄父依然健在。

作为亡国之民,同时作为对主君见死不救的国民,现在殷人在各地都受到歧视。估计有不少殷人心中暗想,如果能在新主君的带领下重建殷王朝,就会不顾一切地参与其中。

武庚禄父对现今自己的处境也是深感耻辱。父王被杀,领土被夺,在周的监控下遭受冷遇。禄父对现状并不心甘,身边强硬派的近臣也是屡屡督促他谋求殷朝的复兴,重振殷朝的志向早已印刻于心。如果武庚禄父起兵,有骨气的殷人会纷纷聚集,必将形成相当大的势力,足以威胁到近乎手无寸铁的周公旦。

蔡叔度和霍叔处两兄弟同样受命监督禄父，管叔鲜叫来他们二人一起密谋。

"此事能一举成功吗？"霍叔处颇为犹豫，但他已经知晓密谋内容，如果抽身逃离，必定会被兄弟杀害。

被通称为"三监"的管叔鲜、蔡叔度、霍叔处，将具体计划告知武庚禄父："虽然不能将周朝天下再改回到殷朝，但可以为殷朝宗庙举办祭祀，也能确保大面积的领地。"

毫无疑问，禄父立刻同意了，并在暗中推进殷朝复兴的计划，分散于管、蔡两地的殷人陆续汇集在一起。

像是太公望使者的那个男人又提出建议，"首先要败坏太师（周公旦）的名声，你们最好能各处散布流言"。

三监立刻采取了实际行动。

太公望吕尚对武吉说："第一步顺利完成，其实这样也足够了，但是否还需加上一码，让淮夷也参与进来？"

淮夷是淮河流域部族的总称，属于没有归顺周朝的部族群之一，齐国早晚要对他们开战。淮夷部落代代与殷王家关系紧密，并不需要吕尚特意去找淮夷酋长商谈，只要武庚禄父发出邀请，他们必定会积极响应。

"如果武庚禄父不需要我的建议就能自主将淮夷势力拉入，说明他也是了不起的人才。"

武吉再次派出神秘使者，建议武庚邀请淮夷。如此，出现叛乱只是时间的问题了。

"武吉,剩下的就看我如何收拾局面了,你仔细看好我的魔法吧。"吕尚并不是虚张声势,而是神情淡然地说道。

如果武庚和三监的叛乱取得成功,周公旦必定下台,周朝体制也将摇摇欲坠。天下万民将会祈愿骚乱尽快平息。

到那个时候,吕尚会为了天下的安宁,为了正义,出兵击败武庚禄父及三监,在众望所归下进入周都。如此一来,吕尚能够将周公旦与殷朝遗民势力同时歼灭,可谓一举两得。

倒也并非是因为过于自信,但吕尚确实有一点判断失误,就是认定了周公旦完全没有能力应对他的策略。吕尚只是冷静分析、计算了敌我的能力及战斗实力,认为事情必定会朝着这一方向发展。

在周公旦的恳请下,召公奭在镐京滞留了一段时间。

召公奭被委任为太保,他本人也欣然接受,和周公旦一起成了两大核心人物。众人希望他能和周公旦一起辅助成王。太保的职责就是辅佐幼主,宫廷内的官员们认为这样能够保证天下安定。

虽然召公奭任太保,但他实际上人在燕国,大多数情况下都由周公旦摄政。在此意义上,太保属于没有太大实权的职务,与名誉顾问之类有些相似。召公奭心里清楚,自己的实力已经得到天下人的普遍认可,但在这一点上略有不满。

不过，在他与周公旦接触的过程中，不满情绪逐渐平息。

在召公奭滞留镐京期间，周公旦将召公奭敬为年长的贤者，大到国家政务小到日常琐事，事无巨细地咨询他的意见。叔旦同时还会询问各种问题，如：

"北燕领地的地势如何？"

"赴任后您主要做了哪些事情？"

"经营领地需要做什么？"

"怎样才能让百姓安居乐业？"

"和臣下交往有何秘诀？"

由于是摄政的咨询，召公奭最初较为警惕拘谨，后来发现周公旦丝毫没有妄自尊大的样子，便开始畅所欲言。两人的这种和睦关系，一致持续到召公奭要回北燕的日子。

召公奭这位德高望重的长者，心中暗自点头："看来太师旦确实内心惶恐呀！"他体会到了周公旦对目前所处位置的困惑与恐惧。

这也不难理解。周公旦虽然是公认的贤才，在管理国家方面也取得了实际成绩，但他终归只是王族的贵公子，却因形势所需成了大王的监护人，掌管着朝政。现在的政权并不稳固，如果武王在位，带独裁色彩的政策还能在某种程度上被接受，而换成周公旦就行不通了。周公旦太缺乏作为专制君主的力量了，各方阻碍蜂拥而至，他只能不断地向大臣们咨询良策。

## 第五章

身处周朝王位的人自然需要苦心处理与各诸侯部落的关系，或要讨好对方，或需展开博弈。众人的利害得失，犹如海啸爆发般奔涌而来，如果要倾听各方内容迥异且任性的意见，并进一步进行恰当协调，实为极其困难的事情。召公奭估计周公旦会有一种被赤裸裸的政治包围的感觉。

"可以理解。"周公旦只是一位贤才，或者说是贵族政治家，对他而言，这副担子过于沉重了。

"看来文王的儿子们也不容易，不过他们没有体会过我们那样的艰难困苦。"在召公奭看来，不论是武王还是周公旦，都没有经历过生死历练，或许多少也体验过，但远远不够。

召公奭的部族和周王室一样同为姬姓，但他们的生活状况却与被任命为西伯侯的西岐姬姓截然不同。召公奭的部族曾代代定居在中原，从西方至南方均分布着部族的势力，并在相当长的时间里和殷朝保持着良好的关系。

然而，后来殷朝开始了对部族的压迫，轻蔑地称呼他们为"召方"，并十余次派兵攻击他们的居住地。与殷军相比，召公奭的族人在武器及数量上均处于劣势，因此在殷军的残酷杀虐下只能逃向西方。在战斗与逃亡的途中，召公奭多次命悬一线。

在部落内部，召公奭与周公旦的地位相似，并在纣王时期成了部族首领。

在《尚书·周书》中，他被尊称为"太保君奭"，这也是负责执掌部族礼制的神职。正因为如此，在朝歌举办武王即位大礼的时候，召公被安排担任赞采一职，帮助君主捧着币帛等祭物。

在西方，文王接纳了召公奭的部族，并为他们提供容身之处，全族上下为了报恩开始辅佐文王。召公奭本人曾为周朝多次出战，虽说曾被周朝拯救，但族内也存在不少反对意见，不希望被同为姬姓的氏族任意驱使。

《诗经》的诗歌《召旻》中，有如下一节诗义：

昔先王受命，

有如召公，

日辟国百里。

（昔日，召公受命于文王、武王，曾一日之内开辟领地百里。）

召公奭告诉同胞："我们被迫背井离乡，权当咱们召族是一度消亡的部落。如果不奋力打击殷人，即便死都无法安心。此刻最为关键的是要忍耐，现在只能寄希望于唯一有可能推翻殷朝的西伯。"

作为殷周革命战争的三大元勋之一，召公奭有这样的经历。

# 第五章

《诗经》中有一首诗《甘棠》，描述的应该是召族还在南方时的场景。

> 蔽芾甘棠，勿剪勿伐，召伯所茇。
> 蔽芾甘棠，勿剪勿败，召伯所憩。
> 蔽芾甘棠，勿剪勿拜，召伯所说。
> （如此枝繁叶茂的梨棠，不要修剪，不要砍伐，曾是召伯的露宿之所。
> 如此枝繁叶茂的梨棠，不要修剪，不要损毁，曾是召伯的休憩之所。
> 如此枝繁叶茂的梨棠，不要修剪，不要拔除，曾是召伯的停歇之所。）

"甘棠"指棠梨，尽管目前还有不同意见，基本认定这里的召伯是指召公奭，可见这是一首敬慕召公奭美德的诗歌。

据说召公奭曾经选择邑内的棠梨树举办咒术或祭祀活动。为了决定都城与地灵接触，或者祭星的活动，被称为"茇"和"说"。后来召公奭在那棵树下倾听百姓的声音，或短暂休息接触百姓，力图站在百姓的立场上公平治国。因此，这棵树成了召公的纪念树，像诗歌中所吟唱的那样被长久保护。

周公旦

社会上流传着对周公旦的批判与指责之声,在镐京滞留的两个月内,召公对此已深有体会。

"周公旦真是可怜!"如果是自己或者太公望吕尚成为摄政,估计也会有同样的遭遇。不,批判的声音肯定更为猛烈。如果是召公奭,完全可以在被委任前拒绝这种得不偿失的职务,但如果站在周公旦的立场,却很难断然拒绝。

与太公望吕尚一样,召公奭也预想到武王死后会有天下大乱的可能性,于是命令北燕及其他地域的召族务必严阵以待。而与吕尚不同的是,召公奭对周朝做出的判断却是截然相反,或许是因为同姓,或许是因为被从未如此不安、惶恐的周公旦多次恳请的缘故。

"看来需要我来鼎力支持太公旦了,在大王能够亲政之前,一定要想方设法帮助他支撑周朝,这也算是对文王、武王的回报,同时也是防止天下大乱的捷径。"召公奭不禁萌发了恻隐之心。

在辅佐武王的时候,周公旦总是正襟危坐,是直言不讳的堂堂君子。而现如今,召公奭眼前的周公旦完全没有了昔日的威风。

"太师旦,我马上要回领地了,如果有需要我帮忙的,尽管开口。"召公奭说道。

结果周公旦一把抓住了召公奭的衣袖。

"太保大人,谢谢您这样说,我一直等着您的这句话呢。"

## 第五章

在召公奭看来，周公旦的脸色瞬间流露出期待已久的表情。

"现在就有一件事情想麻烦您。"

"噢。"

"虽然多少有些欺骗世人的因素，但此事并不复杂。"

"什么事情？"

"太保大人，非常简单，就是希望您能公开指责我的过失，请您发布指责我的文书。"

"什么意思？"

"世人对我的评价，我理应全部恭敬接受，但对我个人的诋毁之词，最终会成为对幼小主君的诋毁，对此就不能等闲视之了。因此想拜托您，希望您能严厉斥责我，最好严厉到让我难以反驳的程度。如此一来，天下诸侯的不满情绪会得以消解，认为周公旦那个傻瓜终于受到了召公的痛斥。对您的指责，我会给出答复，保证不羞于上天，不对天下万民有任何虚假言辞。"

召公奭听言后颇感兴趣，原本已套好马车准备即刻出发，但因为想询问详细情况，于是命令手下暂且等待，他自己又回来了。

召公奭的批判书昭告天下的时间，与管叔鲜等人发起的诽谤周公旦的流言满天飞的时间恰好一致。

《尚书·周书》云:"召公为保,周公为师,相成王为左右,召公不悦。"

召公奭之所以不悦,是因为怀疑周公旦有异心。

召公奭的批判书中不乏非常激烈的言辞,简而言之,大致内容是:"成王到了可以亲政的年龄,但太师旦不遵循臣下之礼,依然留在宫廷摄政国务,没有放权的迹象,实在令人生疑,周公旦难道有篡权之意?"

实际上成王尚不足三岁,根本没到能够亲政的年龄,但要想寻衅批判,可以找出无数个理由。

服从周朝的诸侯诸部落中,也有对周公旦体制不满的人,召公奭的批判书可以说完全替他们说出了对周公旦的意见,表达了他们心中的不满。这份批判书由于出自召公奭这位大人物之手,自然让天下气氛骤然紧张。召公奭义正词严的质问,与管叔鲜等人那种小家子气的诽谤相比,重量级别截然不同。

既然太保召公奭发出这等批判书,事情便不会简单收场。它也可以被理解为一种强势劝告,在为周朝的政治改革施压。如果周公旦没有听从,言语中甚至流露出不惜付诸武力的意思,绝对事关重大。

对于召公奭发出如此强硬声明的举动,太公望吕尚颇感惊讶。

"那个人还能做出如此激烈的事情。"

## 第五章

召公奭德高望重,当然不会希望天下纷乱争斗,他真的会发布这样一份足以让天下大乱的批判书吗?

但也不能将召公奭简单地看作是老好人,不能只看他的外表,他实际上是一位饱经风霜的长者,同时也是一位斗士。

"看来召公对叔旦实在是忍无可忍了,或者是……"吕尚认真分析着事态,但他在此有一个疏漏。

吕尚并没有察觉到,周公旦迅速获取了召公奭的信赖,尽管有被利用之嫌,但召公奭确实站在了周公旦一方。然而,由于吕尚过于轻视周公旦,没有预料到对方的行动速度会如此之快。

周公旦清楚,对他而言最为关键的事情,就是与天下的另一个轴心,即有可能成为最大杠杆支点的召公奭联手。而吕尚并没有预测到周公旦会这样做,当然,他也认为周公旦早晚有一天会像乞丐一样哀求召公奭,但那个时候局势已经到无法收拾的地步了。吕尚万万没有想到,周公旦会在沦为"乞丐"之前就如此迅速地采取行动,这可以说是太公望吕尚一生最大的失误。

如果吕尚在这个时间点上察觉到周公旦和召公奭的联手,为了切断二者的联系,他或许会点燃其他火种的导火索。要想煽动召公一族和周王的姬姓反目,肯定能找到一两个"火种"。

另外还有一个原因,吕尚也不想与召公奭敌对。召公的部族是天下的一大势力，避开与他们的争斗是目前的上策。在天下纷乱基本平息之前，吕尚希望召公奭能够保持中立的长者姿态，最好避免刺激他。然而意想不到的是，召公奭竟然突然发表声明，猛烈质疑周公旦。从吕尚的立场而言，他应该去迎合召公奭，于是也随之发表了非正式的批判声明，尽管错过了最佳时机，但他还是表达了对召公奭批判书的赞同与支持。

被召公奭和太公望这两位开国元勋指责、质疑，表面看来周公旦已陷入绝境，西方的宫廷内部也是一片混乱，管叔鲜等三监更是充满反叛的决心。

"武庚大人，我们起兵的机会已经到来。"

武庚禄父面带喜色，"没想到会这么快"。

于是，武庚禄父、三监和淮夷同时起兵了。

武王死后不久，令人担忧的危机很快爆发了。而且，叛乱者是武王特赦性命并恩惠有加的禄父，还有武王的三位胞弟。他们率领着殷朝的刚烈之士，与淮夷联合，开始试探性地侵犯管、蔡的周边地区。据说兵力达到十万或二十万，而且人数在不断增加。随着凶报的不断传来，宫廷内外的人们及诸侯陷入极度的恐慌之中。

"太师旦将采取怎样的行动？"

当然，大家都在关注周公旦将如何处理。

周公旦本人似乎并不慌张，依然一如既往地处理政务。

他在仔细观察,这股强势风暴下,哪些地方会因此动摇,而动摇过度之处也正是周王朝的弱点。从近亲到外戚,从宫廷内到宫廷外,周公旦冷静地注视着全局。

为了回答召公奭的批判书,周公旦作了《君奭》。确切地说,召公奭批判书的主要框架原本是周公旦制定的,他同时完成了《君奭》的草稿。整个过程应该说是他自导自演的。

所谓"君奭",意为"回复召公奭大人",即回答召公奭的疑惑和批判,表明自己的信念。

文章开头部分为:"君奭!很不幸,上天把丧亡之祸降临给了殷商。现在殷人丧失了他们的天命,而我们周室承受了福命,但是我不敢说周室已开始的基业能够永久延续下去。殷朝最初也是恭敬诚恳地顺从上天的意志,而最后依然灭亡,我也不敢断言周朝的王业能够摆脱这类不祥的结果。君奭!请允许我留在大王身旁,留在宫廷之内。"

随后,周公旦诚恳地讲述了自己必须留在大王身旁的原因:"君奭!我听说商王成汤受天命后,有伊尹这样的贤臣辅助,功绩得以响彻天下。太甲即位后,有保衡的辅佐;太戊时有贤臣伊陟、臣扈辅佐,功绩堪比先帝。巫咸帮助商王治理国家。祖乙之时,有贤臣巫贤。武丁时期,有贤臣甘盘的辅佐。"

周公旦的意思是说,自商汤王开始,历代明君的身边必有辅佐之人。

"文王有虢叔、闳夭、散宜生、太颠、南宫括等贤臣辅佐。即便如此,文王依然忧心于贤臣太少,不断广招天下贤士。文王被上天授予王命,具备贤德,深知上天威严,而这皆要归功于五位贤臣拥有让文王美德四射的力量。"

"我的兄长武王在世的时候,四位贤臣(虢叔已去世)跟随武王敬奉天威,奋勇杀敌。由于四人的尽职辅佐,才使武王的美德遍及四方。"

"现在,辅佐之任落在我周公旦的肩上。我们大王(成王)目前的处境,犹如正在大江大河中漂游渡河。"

"召公大人,请不要责备我留在宫廷,我希望和你一起背负幼主,帮助他渡过大河。"

周公旦的意思是说,必须有明辨是非的贤臣留在大王身边,既要处罚不明道义之人,还要照顾到方方面面的问题,否则对不起那些让周王家的美德得以普照四方的贤臣。

"君奭!您要考虑这些问题。周朝承受天命的确是值得庆幸之事,却也面临着巨大的困难。请您务必宽宏大量,我斗胆留在宫廷摄政,希望能避免给世人造成纷扰,此乃我唯一的愿望。"

周公旦强调,自己与召公奭一样曾尽心尽力地辅佐文王、武王,这个时候绝对不能放弃,让文武威光遍及九州四海的每个角落,才是他们应尽的责任。

"君奭!我并非只会这样卖弄口舌,我也希望勤于天道,

## 第五章

为民造福。啊，君奭！您如此贤明，必然知晓，所谓的民之德，往往会在最初阶段一切顺利，但从殷朝的兴亡中可知，难就难在长久地维持。"

"现在武王驾崩，如若周朝随即陷入难以维持的困境，只能说明是我们臣子无能，这是无法得到上天原谅的耻辱，后世也会批判我们是无为之臣。君奭！恳请您帮助我维持周朝，谨慎管理百姓。"

周朝推翻了殷，实现了易姓革命，如果武王死后周朝立刻分崩瓦解，只能说是一大耻辱。这并非年幼的大王之错，而是周公旦、召公奭、太公望吕尚，以及其他群臣的罪过，众人都会以此为耻，死后在阴间也要向文王、武王道歉。

周公旦的文章并非严格意义上的充满政治信念的声明，而更像是讴歌理想的诗词，如若高声朗诵，估计会与祈祷文近似。

接到《君奭》之后，召公奭马上撤回了前面的批判书，并发布声明："我已经完全清楚太师旦的真实想法，并对曾经心生疑虑的自己深感羞愧，恳请太师旦的原谅。我今后将不再生疑，会倾听你的意见，请您畅所欲言，我们臣下会尽心辅佐幼君。"

如若召公奭和周公旦在场，估计两个人还会握手言和。

召公奭这样做，是因为在离开镐京之前被周公旦恳求："如果像您这样的元勋大臣表示赞同，影响力将超过任何人的言语,凭借您的言辞足以稳定天下,只有您才有这样的力量,请召公大人务必助我一臂之力。"

听闻只要自己表明态度就能保证天下平稳,召公奭自然感觉不错。

召公奭心想,我也明白在被叔旦利用,但如果就此能够平息事端,被利用也无妨。

召公奭的第二次声明确实作用巨大,声明实际上明确表明要支持周公旦体制的态度。那些受禄父及三监反叛的影响而动摇,或者说正妄图趁机起兵的人,决定按兵不动,暂时观望局势。召公奭的领地燕国,虽然位于北部边境,但在经济和军事力量方面均势力强大,足以和太公望的齐国并肩。如果以国家支柱动摇不定的周王朝为对手,倒是可以挑起事端,若是以北燕为对手,情况则大不相同,需要谨慎而行。

然而,对于已经发动反叛的禄父和三监而言,如今已经无法收手,于是他们继续侵犯管、蔡的周边地区,但原本期待的连锁反叛完全没有出现。

太公望吕尚终于察觉了周公旦的用心。

"竟然是这样!"

周公旦利用了召公奭的"杠杆力量",压制住了其他有可能反叛的地区,让犹豫不定的诸侯采取了观望态度。

"哼!"吕尚一动不动地坐在那里。

此时的吕尚必须考虑,是否还要继续替三监出谋划策。

在挑拨三监反叛之时,让他们隐约嗅到了自己的存在,如果从那些人嘴里走漏了风声,那就不好收场了。

虽然是马后炮,吕尚不得已在召公奭发布第二次声明后也正式表明态度:"与召公相同,我们齐国也会支持太师旦。"从结果来看,吕尚再次被动地模仿了召公奭的说辞。

"像我这等人物,竟会有如此的疏忽。"吕尚不得不承认对周公旦的手腕判断有所失误,心中迸发出对自己的怒火。

事情发展到了这一阶段,周公旦开始和众人商议,"对武庚禄父及三监的暴行,绝不能放任不管"。

此时,幼小的成王被安排坐在周公旦的身旁,一边无聊地打着哈欠,一边扯着周公旦的袖子,嘴里喊着:"叔父!叔父!"

围绕对禄父、三监及淮夷的讨伐问题,王族内部当然也有反对意见。禄父暂且不论,而三监不论怎样也是周王室的直系子孙,是周公旦的亲兄弟,同时也是为武王的建国立下功劳的人。

"将他们作为贼子诛罚,有欠妥当吧。"

对此,周公旦像主君一样朗声说道:"有何不妥?虽说是我们的同胞,他们却试图给文王、武王的光辉大业抹黑,不,在诸侯看来已经抹黑了。如若这样放任不管,周王朝的威严将一落千丈,故而不得不处置。"

于是,周公旦作了《大诰》。

《周书·大诰序》:"武王崩,三监及淮夷叛,周公相成王,将黜殷,作《大诰》。"

《大诰》是周公旦以成王的口吻发布的诰文。

开头部分的"王若曰",意思是"在伟大道路的指引下,成王说了下面一番话"。

诰文的大致内容可以意译如下:"成王整日忧心感叹,虽然从文王武王那里继承了天命,但因自己无德,做事不周,导致东方发生反叛,进而让西方(周都)陷入人心惶惶的不安状态。"

上述话语虽然不可缺少,但后来也成了周公旦招来成王怨恨的原因之一。

周公旦此次特别重视占卜,"关于是否应该征讨那些试图粗暴破坏王业的人,我进行了占卜,结果得到了吉兆。我们不能违背占卜结果,文王也正是遵循了占卜结果,才让西岐小国发展壮大"。估计是周公旦自己占卜并得到了吉兆。

"我将与贤臣一同出征,作为友邦的诸侯也应跟随我们,一同讨伐那些妄图再兴殷朝的乱贼。"周公旦半强制性地要求诸侯及诸部族出兵。

"上天毁灭了殷朝,就像农夫需要拔去杂草一样,我们也要拔掉殷朝祸根。必须遵循文王的志向,实现国土的安宁。何况现在龟卜的结果为吉兆,故而我将率领尔等东征。"

周公旦以成王之命的名义发布了《大诰》,这同时也是对诸侯的号令。

最终决议东征，成王留在镐京，周公旦作为总统帅出征。周公旦说服了武王的遗孀邑姜，请她在此期间辅佐朝政。邑姜是姜太公吕尚之女，这方面已经商谈妥当。

要想冲破阻力实现东征，起到关键作用的，还是召公奭在诸侯中率先发表的参战声明。

"王（成王）令保（召公奭）及殷东。"即谨奉王命的意思。

既然召公奭决定出征，其他诸侯也无话可说。周公旦命人快马加鞭给召公奭送去一封信，其中写道："能否麻烦您去拜托齐国的师尚父出兵。"

关于东征一事，太公望吕尚的行动迟缓，派兵方面亦不积极，实在令人费解。

但天下众人当然都期待太公望出马。

"只要大军师太公望在战场，就会战无不胜。"太公望的名字已经被赋予传奇色彩，此人的在与不在，将会极大地影响兵将的士气。

"为何叔旦不自己命令齐太公呢？"召公奭虽觉诧异，但认为这并非大的问题，于是遵命照办。召公奭也一直认为吕尚必定会在守护东方的同时出兵征讨，因此感到有必要去见一见吕尚，同时商讨具体的作战方案。所有人都对太公望的军事谋略寄予期望。

《史记·齐太公世家》记载了召公奭在中间传达出兵命令的事情，而关于为何主君没有直接命令吕尚出兵，书中并没有提及。

另外，在给召公奭的书信中附有成王的一段话，当然是周公旦加上的。

内容梗概为："东至大海，西至黄河，南至穆棱（湖北省），北至无棣（河北省），之间诸侯若有过错，齐太公有权征讨。"意思是说，只要在此范围内，师尚父可以随意扩张领土。毋庸赘言，事实上齐国也确实扩充了国土。

见到召公奭的使者后，吕尚痛快地承诺了出兵事宜。尽管他内心并不爽快，但除此之外别无选择。后来他与召公奭会面，拿到了刚才提到的那封许可领土扩张的书信。

"这次是叔旦占了上风。"吕尚通读了一遍，随后像是要把竹简捏碎似的粗暴卷起，举过头顶拜礼，并狠狠地瞪了一眼召公奭，心里暗语："召公呀，真没想到你会多此一举。"

吕尚感到心中再次萌发的那种要将自己引向谋略战场的魔性顷刻间消失了。

吕尚心想："算了吧，我最终希望的也是天下太平。如果叔旦能够替我实现，这也不是坏事。叔旦，好好干吧，不要让我再一次萌发谋反念头。"

行礼完毕之后，吕尚一脸轻松地说："我们的战争结束了。"

## 第五章

讨伐的战争尚未正式打响，但众人对吕尚的话语没有感到丝毫的奇怪，因为在他们看来，只要太公望出面，就相当于战争结束了。

吕尚之外的任何一位将军应该都没有资格说出这番话。

召公奭笑道："噢，老头子，好吓人的自信呀！看这气魄，厉害！"

吕尚叫来武吉，命令他将自己曾经挑唆三监反叛的一切痕迹全部抹消。

前后用了两年的时间才镇压了禄父、三监及淮夷的反叛，主要是殷朝遗民的潜力拖长了战争进程。周公旦意识到，周朝胜利后确实在很大程度上傲慢地虐待了殷朝遗民，他对此深刻反省，意识到必须尽量避免让人心存憎恨。为了达到这一目的，需要构建与以往不同的没有残虐的"礼"。

但出于政治目的，此次不得不将殷朝残余势力彻底铲除。

在军中的时候，周公旦收到了成王赐予的物品。成王同父异母的兄弟唐叔虞，在领地内发现了两株根茎长着一个穗子的稻谷，这被认为是瑞兆，于是献给了成王。成王问身边侍从："这是好东西吗？"

侍从回答道："这是上天的瑞兆，您要珍惜。"

"如果真是这样，希望能给正在东方辛劳的叔父看看。"于是，成王派人将此物送给了周公旦。

周公旦

在军旅生活的周公旦，收到稻谷后有了一种久违的安心感，"周王族原为后稷的子孙，幼主当然也是，他将来定能成为明君"。于是，他作了《嘉禾》一文，在军中展示了天子赐予的稻谷，进而军威大振。

武庚禄父、管叔鲜及淮夷酋长罪不可赦，最后被处死。霍叔处和蔡叔度，受到了流放处置。

周公旦曾与被抓后等待处刑的管叔鲜会面，当时管叔鲜控诉道："叔旦，我受了师尚父的挑唆，是师尚父煽动我们反叛的。"而周公旦对此并未理会。

反叛镇压后的处置极为恰当，周公旦将殷朝遗民集中在紧邻鲁国的卫地，将文王的九子康叔分封于此，令他治理此地。同时他还将继承殷朝王族血统并被誉为最后贤者的微子分封在宋地，令他不要中断对殷朝祖先的祭祀活动。

周公旦将讨伐顺利的消息告知宫廷，并作诗《鸱鸮》献给成王。尚不能理解东征意义的成王，也高兴地说："叔父，太好了！"

> 鸱鸮鸱鸮，既取我子，无毁我室。
> 恩斯勤斯，鬻子之闵斯！
> （猫头鹰啊，猫头鹰，你已夺走我的雏子，不要再去毁坏我的窝巢。我含辛茹苦养育雏子，你要怜悯这可爱雏子！）

## 第五章

基本平定管、蔡两地后，周公旦趁势征伐平定了周边的异族，他打算趁机将东北地区的隐患全部铲除。

后来出土的青铜器"西周禽簋"上刻有铭文："王伐楚侯，周公谋。禽祝，禽有脤祝。"

楚侯是没有归顺周朝的部族，周公旦命令儿子鲁公伯禽展开多方面作战，并创作了诗歌《东山》。

> 我徂东山，慆慆不归。
> 我来自东，零雨其濛。
> 鹳鸣于垤，妇叹于室。
> 洒扫穹窒，我征聿至。
> 有敦瓜苦，烝在栗薪。
> 自我不见，于今三年。

（自从远征东山，久未归家。如今从东山归来，小雨蒙蒙。白鹳丘上鸣，我妻屋内叹。洒扫房舍塞鼠洞，盼我早归来。自我出征，家中大瓜无人管，瓜蔓爬上柴火堆。三年未与吾妻见。）

《毛诗序》等书中的相关解说为："《东山》，周公东征也。周公东征三年而归，劳归士。大夫美之，故作是诗也。"

另外，《破斧》中有如下诗句：

周公旦

> 周公东征,
> 四国是皇。
> (周公率军东征,四国君主无不心惊胆战。)

除了禄父及三监的反叛,周公旦无一遗漏地征讨了需要征讨的地区。因为他清楚,今后不能保证是否还能实现这种诸侯协力的大规模军事行动。

周公旦平安归来,向成王汇报了胜利的喜讯。

在此之后,摄政周公旦面临的环境依然严峻,但至少没有了反叛迹象。在三监之乱中,召公奭、太公望吕尚明确表明支持周公旦的态度,反叛的各类火种基本被浇灭了。

另外,周公旦貌似不经意间实施的政策,消解了宫廷周边及王室内部的感情纠葛问题,逐步净化了嫉妒及憎恨、私欲贪婪等情绪。在这一过程中发挥重要作用的就是"礼"。众人终于意识到,周公旦具有非同寻常的执政能力。

周公旦积极应对禄父及三监的反叛,迫使太公望吕尚打消了反叛念头,尽管只是暂时的,但他成功地平定了宫廷内外的不满分子。

"但问题依然存在。"坐在庙堂前的周公旦陷入冥想,心中浮现的那面绘有图画的锦帛上,依然存在不少断线之处。

# 第六章

　　楚是盘踞于长江中流（湖北、湖南一带）的部族混合联邦。如果从土著的分散居住地来看，楚的范围还包含西南夷的聚居地，甚至从江苏、安徽、四川一直延伸到越南，但并没有形成统一的国家，也没有建立封建制度，只是处于部族割据的状态。如果这里出现统一的王朝，夏殷周的黄河文明圈或许会被涂抹上别样的色彩。

　　在荆南的楚地范围内，一部分有限区域在与中央的抗争和交流中逐渐具备了较为完善的体制，也有零星部族与周朝建立了一定的友好关系。

　　自周王朝以来，楚地一直被蔑称为"荆蛮"或"楚蛮"。而在春秋战国时期，楚总会在某些关键时刻发挥尽显"蛮"之特色的凶猛。在战国末期，楚国与秦国一起大肆吞并了其他国家，彻底改写了中原的版图，致使周朝体制荡然无存。秦始皇统一中国之后，也诞生过以项羽为代表的勇猛之士，可以说楚地向来是中国统一过程中的"破坏分子"。

而目前,楚在周的版图之内。

《史记·楚世家》中,大致叙述了楚的世系。楚人的祖先是五帝之一的颛顼,姓妘。所谓"三皇""五帝",显然是在神话中出场的人物,先是存在于土著的记忆中,逐渐形成了后世的传说。包括周朝的后稷亦是如此。

颛顼的玄孙叫重黎,曾是帝喾的家臣,因功被封为火正(掌管火的长官),并被赐名祝融,但后来在镇压共工氏的反叛时被诛杀。祝融是南方的蕃臣,同时也是火神之名。"祝融"这一称呼,暗示了重黎等人与曾经对抗黄帝的炎帝及其子孙蚩尤的关系。

重黎之弟吴回,后来代替兄长成了火正,同样被称为祝融。吴回的儿子名叫陆终。不清楚究竟发生了什么,据说陆终的身体被撕裂成了六份,每一份都诞生了人,这六人的子孙一直繁衍发展。神的身体分裂产子,这延续了横贯古今东西的尸体化生的神话传说。

六个儿子中,最小的儿子叫季连,姓"芈"。据《史记》记载,季连是楚的直系先祖,但实际上并无据可查,就连司马迁自己也毫无自信地写道:"其后中微,或在中国,或在蛮夷,弗能记其氏。"

意思是说,季连之后,中间情况知之甚少,他们或生活在中原,或居住在南蛮之地,难以记录其世系。

总之,在周王朝成立前后,关于楚的情况及动向并不清

# 第六章

楚,与中央国家的交往也是或有或无,无法进行历史记录。

不知道夏、殷时代的楚地是何等状况,好像也出现了几位诸侯,但至少可以判定的是,即便在殷朝的最繁盛期也未能讨伐楚地,使其臣服。楚尽管被归入中央集团的版图,但并不会听命于中央,也不会任人驱使。

割据在楚地的人,或被称为"楚人",或被称为"南人",据说殷与南人关系极为敌对。殷在祭祀的时候经常用人供,且殷对异族的宽容度几乎为零,经常捕杀其他族的人。羌部落的人比较温厚老实,曾被大量捕获并惨遭砍杀或烧杀,羌人的愤恨在殷周革命的时候终于爆发了。

与羌人相比,南人几乎没有遭到殷人的捕杀,这主要是因为他们的彪悍勇猛绝非羌人可比,殷朝军兵根本无法靠近。因此,殷对南人采取了姑息政策,有时也迫不得已将他们列为诸侯。铜鼓及各类颇具咒文色彩的图案,应该是通过此类交流进入殷地的。铜鼓有时会作为南方的代名词,"南"也经常被作为铜鼓的别名使用。

在文王时代,季连后裔鬻熊曾在周朝宫廷内任职,但因为他去世过早,和周的关系也随之断绝。鬻熊的儿子是熊丽,熊丽的儿子是熊绎。匪夷所思的是,他们的名字中均有"熊"字,或许他们是以熊为图腾的部族。

在熊绎的时代,周王朝正处于周公旦与周成王的体制之下。

在武王讨伐殷的时候，太公望吕尚曾经杀气腾腾地对诸侯部落宣告："参加此战迟误者斩。"

不少部落是在半强制的状态下参战的，而楚地部族则无视吕尚的宣告。因此，殷朝灭亡后的论功行赏与楚无关，同时也并未将楚作为封地赏给任何一位功臣，因为楚地并非周朝可以任意分配之地。而在楚看来，周朝根本不足为惧。

身为周朝太师，周公旦必须完成的任务是奠定国家基石。但他也不得不承认，这一重任现实中很难由一代人来完成，他所能做的，就是在一定的范围内统一天下，然后将较为安定的周朝交给年轻的君主。

东征平定了禄父及三监的反叛之后，周公旦对尚未归顺的地方部族采取了政治怀柔政策，有些时候也不得不用武力征服。在旁人看来，周公旦逐步推进的这项工作很不起眼，但这一过程却需要深思熟虑、煞费苦心，他的努力也是成果斐然，天下已经基本平定。周公旦希望尽可能地把安稳的天下交给成王，这也是为不知辛苦的少年天子着想。

但周公旦唯独没有对楚动手。因为楚地实在是难以捉摸，也不清楚他们武力的强弱程度，无法贸然派军队讨伐，只能说楚地依然笼罩着层层迷雾。

南方长江流域的文明，与黄河流域的文明具有明显的差异，现在依然有诸多的谜团尚未解开。从被发掘的三星堆（四川省）等部落遗址中，出土了大量之前从未见过的器物，推测其年代为公元前14世纪至前11世纪，的确是令人惊讶的发现。

数年前，在长江中上游流域有多个遗址被发现，为人们想象那些扑朔迷离的文明提供了依据，现在仍在调查研究的过程中。遗址出土了祭坛及大量的宝玉、青铜器。由此表明，至少在五千年前，这里就形成了现有中国古代史中未曾记载的以稻耕为主的文明圈。至于这与楚地是否有直接的关系，还有待于今后的研究，但不可能毫无关系。

古代中国往往歧视南方的楚，但这或许并非单纯是因为看不起蛮夷，还有一种可能，就是将楚看作另外的世界而故意回避。湖北、湖南、四川等地存在着迥异于黄河诸邦国的多彩文化，这些地方的实际情况至今依然是未解之谜，因为缺乏书面的记载，只能从神话传说中窥知一二。

周公旦想和熊绎建立联系，因为他的祖父鬻熊侍奉过文王。周公旦也曾派出使者，但当时并不清楚熊绎具体在哪里。也许熊绎并非楚地统领，而只是割据于楚地的诸部落中的部族酋长之一。

总之，楚地是留给周公旦的一项任务，虽说应该尽快完成这项任务，但即便是周公旦也无法把握楚地的真实情况，只能先收集信息。在周公旦脑海中的画面上，楚国一直是被涂黑的状态，应该和曾经的欧洲文明将非洲大陆看作暗黑大陆的感觉相似。

## 周公旦

周公旦同时还要负责教育成王，逐步向成王灌输身为王者应该注意的事项，并写了《多士》《毋逸》等文，一有机会就会告诫成王如何才能够继承文王、武王之道。

然而在一部分人眼中，周公旦的行为就是以摄政为名的专制，不知从何时开始，周公旦不再被称为"太师"或"叔旦"，而是被称为"周公"。

"周公"是不可思议的称呼，字面意思是治理周朝国土的诸侯，如此一来，"周公"就是事实上的周王。周公旦的封地为鲁，即便本人滞留在都城，按道理讲应该被称为"鲁公"，但周公旦从未被这样称呼。

周公旦明白，"周公"的称呼确实不合礼数，但在当时的情况下也没有办法。周公旦并没有专门阻止别人这样称呼他，因为如果逐一纠正为"鲁公"，反而有可能掀起风波。

长子伯禽正负责治理鲁地，并被称为"鲁公"，如果现如今周公旦也自称"鲁公"，反而显得不自然。事实上，周公旦原本计划亲自治理鲁地，这样能夹在近邻齐太公吕尚和北燕召公奭这两大势力之间，方便从中调和、制衡。但由于武王突然驾崩，他只能滞留在都城。结果伯禽不仅需要经营鲁地，同时还要斡旋在那两位大人物之间，推进外交策略的实施。虽说这副担子对伯禽而言过于沉重，但也实在是没有办法。

"真想过上隐居的生活，能够一边遥望著名的泰山，一边编制礼乐。"但周公旦心里清楚，他的这种愿望很难实现，他必须留在都城,并将之作为上天赋予自己的使命。

周公旦非常注重礼乐,总是热衷于祭祀活动,这实际上也是政治性行为,而对"礼"的再编与汇总也成了周公旦的毕生工作。

有"礼仪三百,威仪三千"之说,确实数量庞大。

《汉书》中有相关记载:"周公相成王,王道大洽,制礼作乐,天子曰明堂、辟雍,诸侯曰泮宫。郊祀后稷以配天,宗祀文王于明堂以配上帝。四海之内各以其职来助祭。天子祭天下名山、大川,……大夫祭门、户、井、灶、中霤五祀,士、庶人祖考而已。各有典礼,而淫祀有禁。"

对周公旦而言,当务之急是改革殷朝的时代风气。周公旦主持的祭祀活动,与以往的有微妙差异。若想让"天下归周"的思想被广泛接受,重新编改礼乐是最为快捷的方式,这就是周公旦的核心理念。

周公旦之所以将礼乐的改革作为政务中最为重要的事项,也与前几年成王患病之事有关。在儿童死亡率高的时代,不论病情是轻是重,都绝不容掉以轻心。因此,成王发烧病倒后,宫廷内一片慌乱。周公旦宣布,就像曾经为武王祈祷病愈一样,他将亲自为成王举办祭祀活动,宫廷内才恢复了平静。臣子们全都清楚周公旦执行祭祀活动的能力,于是便全权委托给了周公旦。

贞人占卜后得知,此次成王患病是因为触犯了黄河的神灵。几日前成王曾小范围巡游，此次周公旦并未跟去。成王当然也去参拜了黄河，但当时好像有过无礼的行为。

成王还是一个孩子，或许会有站在河边小便之类的举动，周公旦并不认为这等小事会让黄河治罪。不过，成王虽然是孩子，由于正处于第一次叛逆期，他那桀骜不驯的性情让宫廷内的臣子们头疼不已。成王出生后不久就被放在王位之上，一直被身边的大人们小心服侍，养成放纵刁蛮的性格也在所难免。

只有周公旦敢于严厉批评这位深受娇宠的小主君，而成王也因此对周公旦心生芥蒂，"为什么叔父不尊重我"。成王还没有到能够倾听并接受他人意见的年龄，自然而然地开始回避周公旦，而成王的任性，也使他与那些只会唯命是从的家臣关系亲密。包括周游黄河的时候，没有带周公旦同去其实就是成王的意思。

在黎明前，周公旦面向黄河开始了祭祀。

"恳请河神！"

周公旦剪下自己的指甲供奉给黄河，祈祷河神的保佑。使用头发或指甲等身体的一部分来祈求病愈，与其说是祭祀，更像是除病去灾的巫术。

"主君年幼，尚不知礼，请您不要处罚主君，来处罚旦吧。"

周公旦在河边建造祭坛，半日一动不动地低头祈祷。

## 第六章

周公旦感到河神有所反应,随后将祈祷书装入箱中,命人收藏在仓库深处。

也许是祈祷奏效了,没过几天成王就病愈了,周公旦松了一口气,同时意识到,即便是为了应对此类情况也要加紧完善"礼"。周公旦自己也上了年纪,不知什么时候会病倒。

成王七年,周公旦辞去摄政,将政权归还给成王,面北成了普通臣子。

成王才七八岁,远未到能够执掌大权的年纪。但天下局势基本安稳,已无人能够威胁到成王。

在成王亲政之际,周公旦将官制基础及政治要领写在文书中,即《周官》《立政》。《周官》处于起草阶段,并未最终完成。

在周公旦看来,已经没有必要位居摄政,只要在成王身边辅佐就没有大问题。他心中暗想,"我的任务已基本完成,即便是过世的兄长,也会觉得我做得足够了吧"。

周公旦已是身心疲惫,自从武王驾崩,他为了平定天下可谓是殚精竭虑,其中的艰辛难以言表,但他总算是坚持了下来。

"想好好休息一阵子。"这应该是他的真心话,同时也想用余生来整编礼乐。

然而,真的可以断言天下已无人能够威胁周朝吗?周公旦实际上仍然心存疑虑。目前只能说"除了南方之外已无人能够威胁到周朝"。解决楚地问题,是摄政的周公旦未能完成的事业。

"希望能在我有生之年解决……"

周公旦心想,应该建议成王尽快将此事提上日程,尽管现在楚并没有造成什么问题,但从长远来看,还是需要建立正常的外交关系。周公旦也认为,南方的楚地属于自己死后的问题,但悬而未决的楚地确实已是周公旦的一块心病。

成王亲政体制建立后,周公旦提出想休假一段时间。

"噢,叔父常年辛劳,您就安心休养吧。"成王说话时的眼神似乎有些漂移。周公旦环顾一圈在场的大臣们,随后告辞退出。

成王身边的诸位臣子发生了巨大变化。南宫括、散宜生等刚正不阿的大臣此时已离世,看到天下归周,他们也应该安心升天了吧。自文王在世时就辅佐朝政的大臣,包括周公旦在内仅剩数人,其他的大部分都是刚提拔的新人。君臣的世代交替是自然的规律,只要大家衷心辅佐成王,将没有任何问题。

但关键是君主往往无法分辨忠臣与佞臣,特别是像成王这样年轻的大王,尚不具备看人的能力。在成王身边,擅长投其所好、阿谀奉承的人越来越多。尽管周公旦用《多士》《毋逸》《立政》告诫成王,但他还是开始疏远谏言之人,与善于美言的人越来越亲近。所有大臣中最敢谏言的人当然是周公旦。

周公旦心想："在看人这一方面,我也无能为力,大王只能通过积累经验来培养分辨能力。"

天下平稳,宫廷上下安于现状,如果最有权威的周公旦辞去摄政,必定有并非君子的大臣蠢蠢而动,想在成王年少易控的时候趁机出头掌权。但现在的成王已是名副其实的大王,清除此类人的工作应该由他自己完成。

"好好磨炼一下吧。"周公旦带着这样的愿望走出了宫殿。

周公旦心里清楚,佞臣们正在绞尽脑汁地策划阴谋,但他并不打算自己动手,他想把这项清除工作委托给成王。成王应该了解自己的立场,同时这也是他的职责,为此周公旦才将天下的重任还给了成王。只有靠自己的力量排除佞臣,成王才能树立王者的自觉意识,才能成为真正的主君。周公旦认为自己不应干扰成王的这场历练。

佞臣们其实并不具备了不起的才能,他们不可能颠覆周朝,顶多是妄图操控成王来谋取私利。毋庸置疑,这些人全都讨厌周公旦,觉得他碍手碍脚。只要周公旦不在,他们必然会肆意妄为。

周公旦暗想,"你们以为代替天子面南而坐是多么快乐的事情吗?"那是一个极其可怕的位子,完全能够削减人的寿命。权力是魔鬼,会坦然自若地吞噬人的生命。要想和这个魔鬼相处,只能严于律己,并借助于"礼"的力量。

"如果有本事你们就试一下,马上就会明白,那个位子绝非天堂。"对周公旦而言,这可以说是很不负责任的想法了。

还是因为过于疲惫的缘故,周公旦小看了佞臣们的威力。夏、殷王朝衰亡,并不只是因为被上天抛弃,其中佞臣也起到了关键性作用。在很多情况下,佞臣的存在能够加速王朝被上天抛弃的速度。不论是女色还是佞臣,在国家衰亡中的作用皆不容小视。而此时的周公旦已精疲力竭,完全没有余力去考虑这些问题。他离开了镐京,决定在第二首都雒邑休养。

很快,问题显现了。

休养中的周公旦收到了成王的责问书,文中诋毁周公旦徇私舞弊,僭称周公侮辱成王,且隐退后不返回其封地鲁国居住,还曲解了周公旦曾经实施的政策,恶意攻击。读来全是胡言乱语,只要周公旦公开辩解,全都不堪一击。

但对敌人而言,理由如何无关紧要。这封责问书表露了要诛杀周公旦的明显意图,且态度强硬,不会给周公旦任何辩解的机会。

对佞臣们来说,周公旦已不只是眼中钉,他们妄图彻底铲除周公旦。佞臣们趁着周公旦离开之际,不断向成王进谗言,成王自己也对总在耳边不断谏言的叔父深感厌烦,于是

## 第六章

便听信了编造的谎言。

"唉，看来大王还是年少不懂事。"就像曾经向河神祈祷时那样，周公旦叹息道。

引发这件事情的其实不只是佞臣，在姬姓一族以及外戚之中，也有人对周公旦心怀不满。周公旦执行政务的过程中不可能做到八面玲珑，必然会招致某些人的憎恨。

此时，太公望吕尚和召公奭很快从留驻都城的家臣口中得知此事，比起抓紧劝谏成王，他们更担心周公旦的安危。召公奭甚至计划把周公旦藏在燕国保护起来。

在吕尚看来，这件事荒谬无比，周公旦是周朝的顶梁柱，立下过汗马功劳，如果现在将周公旦治罪杀死，势必再次给周朝各方势力的平衡造成破坏性的影响。吕尚对齐国的发展充满信心，再也没有兴风作浪的打算。

吕尚决定隔岸观火，心中暗想："大王和那些进谗言的人简直是在作茧自缚，我是无所谓，没想到周朝的腐败速度超出我的预想，没有妥善处理佞臣属于周公旦的失误。像周公旦那样的人，绝不会反叛大王，所以，他或者会在蒙受耻辱之前自杀，或者会逃跑。看周公旦做出何种选择吧。"

周公旦的举动远远超出吕尚和召公奭的想象，包括成王及佞臣也是惊讶万分。周公旦在收到责问书的几天后，动身去了楚地。他对妻子、次子、三子等家人说："我决定寄身楚地，估计大王不会诛杀你们，为了保险起见，你们可去投奔宋公（微子）或毕公。"

周公旦当然可以选择亡命，而且可选择的地方很多，附近有郑，再远点有鲁、齐、燕等。但出人意料的是，他偏偏逃往楚地，而那里不仅与周朝没有正式建交，甚至可以说是与周朝敌对之地。几乎所有的周人都对荆蛮之楚怀有一种难以名状的恐惧感。

"难道周公自暴自弃了？"大家都这样想。

包括太公望吕尚，也对这一消息深感疑惑，猜不透周公旦的真意。楚地并不在周朝的势力范围之内，从这个意义上说，作为亡命地也是不错的选择。但前提是周公旦能保证在楚地享受到贵宾待遇。

吕尚在自称姜子牙四处流浪的时候，曾经踏足楚地，对那里的"国情"略知一二。虽然这里说"国情"，但当时楚地并没有建立国家。长江是能够与黄河匹敌的宏伟河川，在长江流域内割据分布着多个部族，一半以巫祝王为头领，不论同族还是异族，各部族间经常发生流血争斗，也不确定是否有通用的语言。

南人擅长争斗，强大而且暴虐，其中的核心力量是苗族和蜀族。蜀族的居住地邻近西方，或许出于这一原因，在推翻殷朝的过程中一度臣服于周，但荆楚的苗族截然不同，那些被称为三苗的部族从没有臣服于任何人。

最关键的是"礼"不同,支配他们的是具有原始宗教色彩的巫术体系。对周公旦而言,他唯一的武器就是中原礼乐,而这里绝不是中原礼乐能够通行的地方。

"有趣。"吕尚当然也同情周公旦,但同时对他的冒险行为充满兴趣。

# 第七章

《论语》中提到,子曰:"南人有言曰:'人而无恒,不可以作巫医。'善夫!"

孔子向来厌恶南蛮,但也有对其认可之处,上文的大致意思是,"南人说过:'如若没有恒心,无法成为巫医。'这句话说得很好!"

如果缺乏信念总是摇摆不定,就不能成为巫师或医生。孔子当然不是在鼓励大家成为巫医,但如果想成为巫医,必须拥有明确的志向和敬重神明的信念。孔子主张学习南人遵循"礼"的用心与坚持,并对此大加赞扬。

说这番话时,对孔子来说,南人已不再是单纯的野蛮人。难道孔子对南人有一定的了解?

而周公旦对"南人"荆蛮几乎是一无所知。他只知道几个南方神话,或者是没有任何根据的传闻。

周公旦的目的是要探究楚地,而在这一过程中会有丧命的危险。但他认为,如果真的丧命,那也是天命使然。

## 第七章

周公旦自己也不曾想到,竟然这么快就要处理这个遗留问题了,而且还有可能要以生命为代价。

在成王及其近臣谋划要诛杀周公旦的时候,周公旦有多种选择,也拥有各种对抗的手段。但无论做出何种选择,结果都只会让成王蒙羞,进而衍生新的怨恨及纠葛。

周公旦甚至想着干脆让成王把自己杀掉,而在此时,他想到了楚地。

"反正都要丢掉性命,还不如对文王、武王的社稷做出贡献。"在这种想法的驱动下,周公旦选择了楚。

周公旦相信成王在日后肯定能变成贤德的君主,如果自己现在能够协调好楚地和周的关系,就能帮助成王顺利解决楚地难题。

"相信王上!"这是深受文王及武王托付的周公旦的职责。

另外,周公旦自年少之时就充满好奇心,这或许也是驱动他去楚地的原因之一。周公旦有强烈的求知欲,实际上他是一个浪漫主义者,而不是天生的务实政治家。周公旦起草的诸多文章中所流露出来的理想主义倾向,实在不像是实务家的言语。

楚地,这一未知的地域充满着浪漫色彩。走过了人生大半的周公旦,即便是以自己的生命为代价,也希望抓住这次冒险的机会。

后世的孔子对诸国君主及大臣感到绝望，并厌倦了流浪生活的时候，曾带着怨气对弟子说："子欲居九夷。或曰：'陋，如之何？'子曰：'君子居之，何陋之有？'"

大致意思是，孔子说："干脆去九夷（指东方的九个野蛮之国，其中包含倭人之国）吧。门人听到后问道：'那些地方很僻陋，怎么能去呢？'结果孔子答道：'只要有一位君子居住，陋习必定一扫而空，也不再是夷地，还有什么僻陋呢？'"

周公旦即将进入蛮夷之地，但他并没有孔子式的觉悟，凭借一位君子究竟能完成怎样的事业，并不是他思考的问题。

周公旦带了两名甘愿为主人舍命的随从，三人微服南下，渡过淮水。淮水流域曾经也属于危险地带，与三监同时反叛的淮夷就在此地，淮夷是深受荆蛮影响的强大部族。周朝在江淮之间分封、安排了数位诸侯，三监之乱后，反抗周朝的部族基本清除。

他们继续南下。

周公旦三人时而渡河，时而翻过蜿蜒绵亘的山丘地带，有时还要躲躲藏藏地前行。后来进入申、吕之地，先住了一两晚。这一带是当时周朝支配领域的最南边界。

土地的颜色及四周的风景在逐渐发生着变化。周公旦坐船渡过汉水，汉水是与长江交汇的非常雄伟壮观的河川。

南方水源丰富，大小河流网状分布，四处遍布着湿地。

## 第七章

在南方，舟船是比马车更为便利的交通工具，难怪会有"南船北马"之说。这一带的农作物不再是麦与黍，而是以稻子为主，旱稻和水稻都有，根据土地的习性特征而定。根据最近的研究，南方稻作的起源时间比现在一般的说法更为久远，早在七千年前即已确立。

周公旦顺汉水而下，下船后进入江北、荆楚之地，这里是完全未曾体验的地域。这一带的名称也较为粗略，以长江中游为起点，四面分别被称为江南、江北、江东和江西。另以洞庭湖为中心，分为湖南和湖北。周公旦向西继续前行，那里与周朝有一些贸易往来。

大大小小的河流，周公旦需要渡过很多条河川。

周公旦在岸边租船时突然想到："据说夏时禹王曾经治理九州河水，今日就在参观他的治理成果。"

摆渡老人的话语中夹杂着浓重的方言，很难听懂。

再往前走，三人在一个邑里住了下来，那里的语言听来简直像是外语，已不只是方言的问题了。

"语言不通啊！"

今后在此地的交流将会困难重重。想到接下来要做的事情，周公旦心情有些暗淡。

邑人的装扮也很怪异，有的男人半裸着上身大摇大摆地走在路上。而且，这里很少见到周人常穿的宽衣，窄袖衣服较为普遍。最令人惊讶的是衣服多为丝绸材质。

"看来这里的养蚕业兴盛。"

丝绸在周朝属于高档品,在这里却成了普通人的衣物。而穿着打扮截然不同的周公旦等人,也成了邑人们竞相观看的对象。

周公旦的目标是找到熊绎。第一步只能先找到名字中带"熊"字的、曾经与周有过短暂友好关系的部族。荆楚之内势力强大的部族中能拉上关系的,也只有鬻熊的后代熊绎了。

由于语言不通,周公旦费力地向邑首领打听熊绎,对方却打着手势说不清楚。这一带的部族较为分散,各自建邑居住,如有问题或纠纷,会由代表出面聚会商议来解决。由于很少遇到遭受大军侵袭等重大事件,这种形式就足够了。

有一位长老能够听懂中原的语言,他手指着西南方向,磕磕巴巴地告诉周公旦,"熊绎大人的部落呀,迁移到那边了,走上十天应该就能到"。

没有办法,周公旦一行只好继续前行。

他们出了邑门后,不经意间抬头看见了立在杆子上的已彻底风干的骷髅人头。这或许就是"馘首祭枭"的风俗,即将战争捕获的异族人头颅悬挂起来祭祀,以此驱除邪恶,防止魔力入侵。

"在这里我们就是异族。"两名随从想到自己不知什么时候也会被杀掉,吓得脸色大变。而周公旦并未慌乱,说道:

## 第七章

"我们西方的民众,也像他们这样使用过人牲,人头是非常珍贵的东西。"

周公旦制定周礼的时候,规定了不许使用人牲的原则,而在此前,周朝也和荆楚及殷一样,发生过不少为祭祀而杀人的事情。

周公旦一边游历一边观察荆蛮的"礼"。在他看来,不论形式上如何迥异,都有各自供奉的神,也都会祭祀祖先的鬼神,在这一点上,楚地和周朝并无差别。

周公旦一行又渡过汉水。这一带重峦叠嶂,目前倒是没有遇到什么危险。

在途中,周公旦也看到了不建房屋、直接穴居的邑。他们应该主要以狩猎为生,而不是靠农耕。

马车已无法继续使用,干脆将马匹等留在经过的邑中徒步前行。

他们避开险山,历经艰辛,总算是穿过潮湿的森林。就在这时,周公旦生病了。他们的衣服又脏又破,帽子的绳扣已断开,无法继续戴在头上,只能背在身上前行。他们正处于荆蛮之地的中央地带,还没有见到长江。

来到夔地后,周公旦终于病倒了,一名随行者也病了,另外一人同样疲惫不堪。在风土、气候及饮食完全不同的地方日夜赶路,生病确实在所难免。周公旦在竹林中实在走不动了,他发着高烧,呼吸困难。

"啊，难道旦的生命将在此地终结？"周公旦做好了死亡的心理准备。

就在这时，一只长着艳丽羽毛的鸟从周公旦的头顶掠过，穿过长满粗竹的竹林飞走了。周公旦望着它远飞的方向，高声说道："这是在召唤我们朝着鸟飞的方向前进，一定要想方设法到达那里。"

尽管身体承受力达到极限，但周公旦鼓励着两位随从咬牙前行。在远方的地平线上，他们看到了点点闪亮的水光。

"那是长江吗？"周公旦就此失去了意识。

昏迷后的周公旦和他的随从被夔邑的人发现，并被抬到了一间小屋子里。醒来之后，周公旦感觉身体发烫，浑身关节都在疼痛，无法动弹。他看了看旁边，只见一位随从躺在那里，却没有看到另一位随从的身影。

由于病痛与疲惫，周公旦一直精神恍惚，似睡非睡。过了一些时候，有人走进了小屋。周公旦视线模糊地看见了一位壮年男子，还带着两位少女，似乎在对自己说着什么，但听不懂他们的语言。不过，从手势动作来推测，好像是在问自己的身体状况如何。周公旦微微点了点头，勉强露出了微笑。

少女们手中拿着铜碗，双膝着地捧给了周公旦。碗上雕刻着精美的图案，碗里装的是羹状的食物，男人似乎在说：

## 第七章

"把这个吃下去。"

周公旦并没有食欲,但还是决定叫起随从吃点东西。

碗里的羹应该是用肉和菜煮制的,周公旦和随从战战兢兢地吃了下去。汤汁口感润滑,肉片是以前从未吃过的味道,倒是不难吃。随即感觉身体深处似乎涌出了某种力量。见周公旦全都吃光了,男人点了点头。

之后又进来了一个男人,是拄着拐杖的老者,从相貌上看应该是刚才那位男子的父亲。老人竟然会说周公旦也能听懂的语言。

老人问道:"你是北方人?"

"是的。承蒙您救助,实在是感激不尽。"

"客人会给我们带来幸运,在我们这里非常珍重客人,如果有祭祀的话,还能成为上等的供品,"老人不苟言笑地说着,"不用担心,现在没有祭祀,你们是北方什么地方的人?"

"我们是周朝姬姓的人。"

"为什么会在这里?"

"是来找人的。"

"听说西方的姬姓一族聚众灭掉殷人。"

"是的。"

"战斗肯定十分激烈吧,看来你们的神灵比殷人的神灵强大。"

"并非如此，上天把天命降予我们的主君，所以殷朝灭亡，周朝兴起。"

"上天？上天是你们的神灵？"老人手指着上方。

"上天是以礼祭祀的对象，如果说是我们周人专属的神灵，未免过于巨大。"

不知何故，老人呵呵地笑了起来。

"算了算了，那碗肉羹能够治愈你们的疾病，赶紧躺下休息吧。"

"请问，那是什么肉？"

"是你们同伴的肉，被我们发现时他已经死了。"

原来羹里面是另一位随从的肉。

见周公旦一脸的茫然，老人说道："怎么了？同族的血肉能够给予特别的力量，对任何疾病都有奇效，你好像很诧异的样子，难道你们不用吗？同族血肉进入身体后会产生新的生命，如果是异族的话就没有太大效果。"

这个部族有食人的风俗。

周公旦非常难过。直到两三天前，那位随从一直和他们同甘共苦，走过了漫长的旅途。

"我那位随从的遗骸在哪里？"

"头颅砍下来晾干了，我们想看看北方人的咒力是否强大。身体部分呢，除留下的腿部和臀肉，其余部分都为他收纳入器了。必须供奉给夔，在这里，夔是我们族的祖先。"

## 第七章

太古时代存在食人肉的可能,后来的文献中也出现过食人肉的记载,由此不难推测,一部分中原地区也是如此。

食人肉至少是世界上普遍存在的一种神圣的宗教行为。如果勇士或亲人去世,通过食用他们身上的肉,能够让死者的生命在自己身上复活,以此来祈祷生命的存续,这属于法术行为。包括文王,也曾经吃下长子的肉,尽管那是在纣王强迫下的行为。

虽然不清楚古代中国的食人肉行为是否具有神圣色彩,但在春秋战国时期,确实留下了许多食人肉的故事。据说齐桓公吃了宫廷厨师的孩子,晋文公在逃亡途中吃过家臣割下的腿肉,而此类逸事也并非特例。孔子的弟子子路在卫国反叛中被杀,他的身体被剁成肉泥并做成肉酱,孔子听闻之后便命人将家中的肉酱全部扔掉。这应该也表明当时依然存在食人肉的习惯。

周公旦通过周礼禁止食人肉的行为,但他明白其中的意义,于是来到装有随从部分遗体的坛子前,对逝者表达了哀悼。

不知是否是因为吃了随从的肉,几日之后,周公旦的身体恢复到了能够下床散步的程度。那位能够沟通的老人是这个城邑的长老,现在已把族长的位子让给儿子,过上了退隐生活。这位老人在年轻的时候,部族曾向北方地区发展,他也因此记住了北方的语言。他陪着周公旦一起散步,也能回答周公旦的问题，并多次强调："我们珍重客人。"

在城邑边上的岩壁上，刻有巨大怪兽的图案，头部长角，猿面，手臂自然下垂，只有一条腿，似乎正瞪眼盯着面前的每一个人。

"这是夔，是我们崇拜的祖先。"

"夔是神吗？"

"没错，是我们一族的神。它的一条腿表明神圣性，因为圣者都是一条腿。"

女娲、伏羲、禹等古代的圣人、圣王，在被雕刻在岩石或器皿上时，样貌多为人面蛇身，也有龙身或鱼体。一条腿似乎表示是大地与水的化身。

老人颇为得意地说："我们之外的荆楚其他部落，一般祭祀犬、虎、鸟等，但那些终归是禽兽，而与之相比，我们一族祭祀的是祖先夔。"

老人接着问道："听说你们祭天？"言外之意是，你们怎么能祭祀如此不靠谱的东西！最后还半带忠告地说："如果要祭天，至少应该祭太阳，因为太阳具有农业生产不可缺少的力量。"

在老人看来，"天"作为祭祀的对象过于缥缈不定。

在楚地深处，祭祀动物的部落先暂且不论，不少部落会祭祀现实世界中并不存在的生物或怪兽，其中最具代表性的是饕餮和龙。龙在他们之中实际存在，还有御龙氏、豢龙氏

## 第七章

等饲养龙的部族，并有许多龙形的出土文物。

"周公呀，你为什么要来到这个地方？"

由于剩下的那名侍从一直称呼周公旦为"周公"，老人以为这就是周公旦的名字。

"实话跟您说，我来寻找鬻熊的后人，鬻熊侍奉过周王家，听闻现在那一族的族长是熊绎。"

"噢，原来你是要找芈的氏族呀，"老人捋着胡子说，"还好，我们现在和他们并不是敌对关系。"

如果是敌对部族的使者，估计会被当场杀掉。

鬻熊的芈氏是祭祀熊和犀牛的部族，老人说道："熊也不错，但比不上夒。估计熊绎等人是受你们的影响，建造了什么城，好像是叫都城。"

周公旦此前在楚地看到的城邑，均没有中原地区称为"城"的地方。只是零散分布着小规模的村落，没有占领那一带的大城邑。据说鬻熊的子孙熊绎建造了能称为"城"的大邑。

"或许出于这个缘故，那个部落最近有些自以为是。你好好想想，不论城邑有多大，都不应该误以为就此超越了我们，那伙人只不过是沾染了北方风气。"

听老人的口气，似乎认为熊绎一族不重视荆楚风俗，是只知道模仿北方的傻瓜。

据说熊绎的城邑距此地不远。老人好心为周公旦安排了

153

一名向导兼翻译。

周公旦临别时道谢:"您的大恩永不忘记。"

老人说道:"不用客气。我说过多次,我们族人珍重客人,这是夔的教导。"

周公旦原本对南人带有某种成见,认为他们喜好争斗,只会一味地残虐凶猛。看来事实并非完全如此,心想:"或许能设法解决。"

当然,关键要看熊绎是什么样的人,不过,周公旦的心情确实明朗了许多。

渡过长江,又渡过几条河,穿过沼泽地带向前走,也看到了巨大的湖泊。周公旦已分辨不清自己正身处大陆的哪个方位。途中多次看到一半身体陷入沼泽的已经化为白骨的野兽。其中有从未见过的动物,询问向导后才得知,有的叫水牛,有的叫犀牛,那边大个头的是大象,如果到对面的山崖上,还能看到龙骨。

这些原本在周公旦的认知中属于在神话中才会登场的生物,实际上在南方是存在的。如果把这些骨头捡回去,既能够用于占卜,也能削制成骨器,还能用作造武器的材料。

很快到达熊绎的地盘。

"的确是城池。"

从远处就能看出来,因为有城墙。

熊绎的城邑内,碰巧正在举办插秧前的祭祀活动。在面积最大的一块稻田里,聚集了许多农夫,他们正在载歌载舞,这应该是祈祷丰收的仪式。周公旦对此很感兴趣,于是停下脚步观看。

男人们头上顶着熊皮,正在田地里跳来跳去。并不只是简单地脚踩大地,他们除了熊的毛皮外浑身一丝不挂,裸露着下半身。不仅如此,他们的男根保持勃起状态,并用手不断地抚摸刺激,同时蹦来蹦去。男人们很快射精了,精液洒遍田地。看来是要通过这个仪式,将象征男人生命力的"种子"播撒到田地中。

接下来,戴着木制面具的年轻女人被拉了出来。她们站成圆圈状,身后站立着手拿棒子的男人。周公旦实在猜不透他们下一步要做什么,接着往下看,才发现男人们掀起了女人们的衣服,开始用棒子打女人们的臀部。由于用力敲打,女人们不时发出痛苦的叫声,但打臀部的动作依然在继续。周公旦推测,这应该是一种祈祷仪式,希望把女人们臀部拥有的丰饶的生产能力敲打出来,并奉献给大地。

看来是祈祷丰收的原始仪式。

周公旦对此并未感到惊讶,只是心里想:"原来南人在播种时会举办这样的仪式!"

周人在播种前当然也会举办仪式,是要祭祀天地。

"作为后稷的子孙,我们的仪式比他们的精练。"虽然有这样的想法,但周公旦并没有轻视熊绎一族这种富有能量与生机的仪式。

周公旦意识到,不论是人牲祭祀还是食人风俗,包括刚才田地里的仪式,此地"礼"的表现形式都是非常直接,意思简单明了。

一行人很快来到了城外。这里建有城墙,有开闭的城门,虽然吸收了中原的风格,但总有一种违和感,踏进城内之后亦是如此。人们的穿着打扮皆与中原地区迥然不同,几乎所有的房屋都是高床式建筑,应该是为了避开地面的湿气。城的对面建有巨大的三层祭坛。看来熊绎杂糅了荆楚风格与中原风格。

周公旦整理衣冠去见熊绎。熊绎面南而坐,身体有些肥胖。

"周公,不远万里来到此地,辛苦了!"熊绎的声音很是粗犷。

"我祖父曾侍奉您的父亲文王,听我父亲讲,祖父去世时文王隆重吊唁,在此表示感谢。"虽然带有浓重的地方口音,但熊绎会讲中原话。

"长久以来,我们被你们鄙视为荆蛮,我父亲说过,在国家体制方面,我们确实有落后于北方的地方。尽管如此,不论是文化物产还是战斗能力,我们都不会输于北方,但北方确有值得学习之处。"

# 第七章

熊绎与普通的蛮王不同。熊绎等芈氏一族，希望能在楚地建立周朝那样的首领国。芈氏曾在过去一个时期与文王统领的周朝有交往，应该是这段经历让他们产生了此类念头。

荆楚原本土地富饶，只要正常地生活度日，不会出现食不果腹的情况。文化程度也并不低下，能够制造出精美的青铜器，养蚕在此地已发展为家庭内的手工业。而且，这里有能够出产大量玉石的山，而玉石是祭祀用的必需品，许多部族都用玉石与北方或西方做交易。江南地区基本都能实现自给自足，也正因为如此，没有必要费力统一各部落来建立国家。但是，因为没有实现统一，诸部族间总是频繁冲突，互相杀戮的状况持续不断。

如果有一个能够威胁到荆楚的强国，比如殷朝发动了南方征伐，楚的各部族会停止平日的争斗，共同抗击侵略者。而一旦击退了敌人，各部族又会恢复以往的状态，继续割据彼此冲突。

经过短暂的社交寒暄后，周公旦告诉对方自己是周王朝的使者。随后，周公旦彬彬有礼地讲述了周朝如何建国，以及如何发展到今日。

熊绎盯着周公旦的脸问道："周公，我的城怎么样？"

"我觉得非常气派。"

"是吧！这种水平的建筑，我们也能轻而易举地完成，只是此前觉得没有必要而已。"

熊绎捋了捋浓密的胡子。

"我想在荆楚建立不亚于中原的国家体制。"

由此看来,他是希望能成为楚王的。

周公旦若无其事地点点头:"我认为可以做到。"

"但是很麻烦,要统一荆楚那么多的部族,还要与各类任性、自我的人斡旋,想来无论如何也很难做到。如果说我有你们文王那样的声望倒是可以,否则的话只能靠武力平定反抗者。我建立这样的城池并着力培养人才,就是为了这个目的。如果战斗的话,保证不会失败。"

熊绎微微一笑,他的笑容像一只吃人的猛虎。熊绎自己喜好荆楚之风,不能完全丢弃蛮族的习性。

"周公,您远道而来,希望您能在此地住一段日子,好好游览一番。"看来熊绎要尽地主之谊,热情款待客人。

周公旦和随从获得了贵宾级的待遇。

那位随从终于松了一口气,心想:"途中多次做好了丧命的心理准备,没有想到会受到这样的款待,看来楚蛮也不错。"而周公旦却不能如此欣喜,每到夜深人静,他都会陷入沉思。

周公旦逗留了两个月,在此期间学会了当地的语言,尤其注意巫师的活动。在这里,巫师的地位极高且受人尊重。借用中原的说法,熊绎本人就是巫师之首,属于统帅此地巫师的巫王,这与夏、殷的传统具有相似之处。

熊绎说:"听说以前夏朝的汤王为了祈雨打算焚烧自己,关于巫师的具体技能我并不太了解,但只要需要,我也会像汤王那样去做,这是代代相传的族长的职责。"

勉强可以将之称为南方的礼,但依然较为野蛮。

有一天,周公旦听说要举办祭祀,便问自己能否前去参观,巫师头领说:"没问题。"

熊绎说道:"我们的祭祀活动和中原的不同,注意不要受伤。一年举办两次,祭祀对象是我们一族的祖先——熊。"随后他又突然问道:"周公,如果熊和老虎争斗,你认为谁更强大?"

不等周公旦回答,熊绎紧接着说:"哈哈哈,当然是熊强大。通过祭祀,祖先会把强大的力量授予我们。"

祭祀活动在城的郊外举行,在中原称为"郊祀"。

几乎所有的郊祀都是祭祀去世的先王或祖先的神灵,然而此地是祭祀熊。搬来的法器也很厉害。青铜器的品质最佳,与中原的东西不相上下。上面雕刻的花纹与饕餮纹相似,但又不尽相同,是怒目圆睁的熊头。瞪大的熊眼可以遮蔽邪恶,牙齿和利爪能够防止恶灵靠近。另一边的青铜器上雕刻着精美的老虎纹样。据说饕餮这种怪物(或者说是神怪的设计图形)的参照物是老虎,但实际上是凶暴贪婪的猛兽汇总形成的兽面纹。

就像是两种青铜器的"裁判",之间放置着一面雕有飞鸟展翅图案的盾,貌似是羽毛亮丽的孔雀,形象夸张,缺少恬淡感。

男女巫师们走来,在篝火四周单膝跪坐,开始大声祈祷。周公旦从远处看着,猜测他们是在召唤熊的精灵。

过了一会儿,巫师们开始出现异样。有两三名巫女好像很痛苦地在满地打滚,并撕破了身上的衣服变得一丝不挂。在巫师头领的示意下,被绳子前后捆绑在一起的数名男女被带了出来。有人强行将他们摁坐在地上,然后用巨大的钺斧砍下每个人的头颅,此时发出了难以分辨是悲鸣还是欢悦的声音。

南方的巫师将仪式所需的人员关进地牢中饲养。这些人中既有战争中俘获的异族,也有最下等的儒(专门祈雨的巫师)。不论是祈雨还是祭祀族神,这里都需要人的生命。殷曾经为祭祀杀害大量的羌人,在这个意义上,殷与楚的野蛮程度没有太大差别。

人们用青铜器收集被砍头的人牲脖颈处滴下的血,血液积到一定程度后,便向正在地上挣扎翻滚的巫女身上泼洒。又是一阵高声呼喊。在男巫们高声念出的咒语中,巫女们的姿态开始发生变化。她们像熊一样,四足着地,挣扎翻滚,时而猛然站立,同时号叫着环顾四周。接下来有人开始口念咒语,另外一些巫女身上也被泼洒了大量鲜血。她们像是用满身满脸的鲜血绘制了脸谱,吼叫着的样子与老虎酷似。

## 第七章

不知从何处传来了铜鼓的剧烈声响,与此同时,蒙着虎皮的巨大太鼓也被急促地敲打了起来。

列席者发出了吼叫声,代表着熊与老虎的降临。

"开战!"

在巫师头领的命令下,两名巫女像熊与老虎争斗般扭打在了一起,她们或像熊一样使用手掌,或像老虎一样使用手爪。猛兽间的战斗让列席者极为兴奋。毛发倒立的老虎冲了过来,熊为了躲避老虎的利齿,先是用身体冲撞开,然后用手掌猛烈击打对方的脸,最后以熊的胜利告终。化身为虎的巫女或许已经死亡。

就在这一刻,巫师首领喊着什么,全体在场的人同时站起身,暴乱开始了。每个人都热血沸腾,开始殴打身边能够碰触到的人。战胜的熊的力量,进入处于暴力状态的人体之中,需要尽情将之表现出来。

完全是乱斗的状态。随处可见人们互相扭打在一起,有的鼻子被打塌,有的眼睛被挖掉,极为惨烈。

在一旁观望的周公旦,感到自己随时有可能被这一暴力气流吞噬,同时也被之深深吸引。对于礼,周公旦具有超凡的感受力,如果再年轻一些,估计他也会冲入这种充满野性的祭祀活动中。

"周公大人,太危险了。"随从不断拉拽周公旦的袖子。

周公旦舍不得离开,但还是退后,与祭祀场保持一定的距离。

接下来人们开始喝酒，然后再接着互殴，最后男女开始胡乱交合。由于刚刚获得了熊的伟大力量，如果此时交合，就能生出具备这种力量的孩子。这种状态持续了一个晚上。

第二天一早，周公旦去郊外看，男男女女有失体统地睡在已燃尽的篝火四周，筋疲力尽的他们，脸上却洋溢着心满意足的神情。

"这也不失为精彩的祭祀形式。"周公旦暗自想。

正因为是楚地，才会有这样的祭祀。而对于原为西部畜牧者、农耕民的姬氏和羌氏，则不需要如此激烈的形式。

周公旦心想："我们的祭祀活动是为了镇魂静魂，而南人的祭祀活动是为了激发魂魄，使其复活。"他对楚地祭祀没有丝毫的厌恶之感。

即便是拥有最高文明的殷，也经常以杀人或醉酒的方式举办祭祀活动，怎么能因此而指责南人呢？

"然而，楚地也不能一直持续这样的祭祀方式，需要更为委婉的无须流血的'礼'。周礼呢？"想到这里，周公旦开始挂念镐京的情况。

从周出走以来，周公旦屡遭生命的危险，现在终于在心情上放松了下来。

"还是先寄封信吧。"周公旦在白色绢布上写下文字，说明自己正在熊绎的地盘，一切安好。

## 第七章

熊绎说道:"噢,原来这就是中原的文字?看着会有种不可思议的感觉。"他为周公旦派出了信使。

目前周公旦只是作为熊绎的客人暂居此处,但他的预期目标是要调整荆楚与周的关系。但楚地缺乏统一的政府,若想和在大范围内割据的南人建立正常的邦交关系,在现实中几乎不可能实现。

不过,如果将这位熊绎看作楚联邦的首领,以他为中心推进邦交的话,倒也不是完全不可能。但要做到这一点,需要先为熊绎做些事情让他感恩。

周公旦对熊绎说:"您以前说过,想建立不亚于中原的国家体系。"

"噢,只有荆楚实现统一,才能彻底消除对中原国家的自卑感。到了那个时候,我会自称楚王。"

按照周礼的话,天下不能有二主,除了周王外不可以存在其他的王。但在这种时候,也只能暂且不论。

"在您的盛情安排下,我周公旦得以在此地舒适无忧地生活。为了报答您的恩情,如果能为您事业的成功出谋划策,将是我的荣幸,最好能够不通过战争,凭借劝告来实现诸族的统一。"

"感谢您主动这样说,但我们荆楚之地的人,基本都对大国体系嗤之以鼻,单靠嘴巴不可能有效。"他似乎有些瞧不起周公旦。

熊绎不会高度信任近乎以流亡身份来到此地的周公旦。而为了获得熊绎的信赖并能让他听取自己的建议,周公旦需要让他亲眼看到直接的成效。

"那我问您,假设现在您要建国,最棘手的部族是哪个?"

"於菟吧。"熊绎毫不犹豫地说。"於菟"实际上是老虎的意思。

"和於菟的氏族也有过友好时期,但最近数十年反复发生流血冲突。"

"那么,只要让於菟和他们手下的部族全都来服从你,是不是就可以了?"

"周公,不要说笑了。那些家伙服从我?绝不可能。"

"那,我就试着实现这个目标吧。"

发现周公旦是认真的,熊绎表情诧异地含笑说道:"周公,如果真能实现,那就是奇迹,我可以服从周朝。"随后问道:"你需要兵将吗?"

"不需要。如果发动战争,那和之前没有任何的改变,我将独自一人作为使者前去於菟。"于是周公旦决定去於菟的地盘。

於菟是盘踞在丹阳一带的以老虎为图腾的部族,周公旦带着翻译和随从翻过了一座山。

"周公大人,您有什么门路或策略吗?"

"没有,"周公旦说道,"我唯一拥有的就是'礼',如果

## 第七章

天命无误的话,文王、武王的遗德将会保佑我。"

周公旦进入於菟首领所在的城邑。这对周公旦而言,堪称是人生中赌注最大的一场赌博。

熊绎统辖的区域,在整个荆楚范围内属于统合度较高的,而於菟并非如此,属于做梦都没有考虑过楚地统一的部族群。

周公旦一行被抓住了,绳捆索绑地被带到了城邑。就算没有冒失的行为,看样子脑袋也要被砍下来悬挂在外面了。

"我有重要事情要跟首领说,麻烦您通报一声。"周公旦在土牢中多次恳求与首领会面,或许最后的一次祈求奏效了,最终他见到了首领。

於菟的首领身材魁梧,相貌堂堂,身上裹着兽皮,头上戴着老虎纹的帽子。周公旦拱手叩头致以问候,礼仪方式与楚地的截然不同。

"你是哪里人?为什么会来这里?"於菟的首领问道。

"我是姬姓一族,是长江以北的周人。我来此地是有事相告。"

对於菟的首领而言,周只是最近支配北部的一个部族,除此之外一无所知。看到周公旦文弱的样子,更是觉得周的势力微不足道。

周公旦挺直腰板,调整了坐姿。

"周现在势头强势，不可轻视。周已经平定中原，下一步会将矛头指向荆楚。"

"你是来宣战的吗？"

首领揉搓着裸露着的胳膊，露出了凶狠的表情。

"大致如此。"

於菟的首领放声大笑。

"包括殷人在内，长期以来都无力与我们对抗，只能落荒而逃。我们荆楚的战士不会畏惧任何人，你们尽可前来进攻，绝对会让周人尸积如山。"

首领随后向部下示意，令人把周公旦带走。

周公旦抓住时机，赶紧说道："我们周朝会用'礼'来攻打荆楚，不是普通的战争。"

"什么？"

"'礼'行天道，与只会剥夺人类生命与土地的行为截然不同。'礼'具有强大的力量，能够让此地的民众自然服从，最终使你成为孤家寡人。"

於菟的首领似乎认为"礼"是威力强大的巫术。

荆楚是巫师的天下，巫术蔓延，因此对巫术力量极其敏感。往往是了解巫术的人才会畏惧巫术。

"熊绎大人已经接受周礼，许诺为我提供巫力及武力，这就是证明。"

此时，负责翻译的人听到周公旦的这句谎言已是瞠目结

## 第七章

舌，而周公旦却坦然自若地接着说道："如果我们周朝与熊绎大人的力量联合起来，於菟岂能安然无事。"

首领涨红着脸，面带怒气道："难以置信，怎么可能这样？"

但如果熊绎真的获得了北方力量的支持，情况确实不妙。

"我不信。熊绎之辈确实有讨好北方的意思，即便如此，他终究是荆楚的猛士，不会轻而易举地降服于周。"

"我只是告诉熊绎，荆楚没有明确的联邦首领，如果通过周礼让各部族逐一屈服，熊绎的部落早晚会陷入孤立状态。"

"熊绎怎么会被这等胡言乱语欺骗呢？"

"'礼'并非胡言乱语。"

"我们於菟，不会像熊绎那样没有骨气。不管是礼还是咒，有本事你就拿出来瞧瞧，绝不会对我们有效。"

"那么，我就展示周礼的一点内容。您可以在看过之后，再与作为族灵的虎或者是祖先之灵商议。"

於菟的首领思索片刻。

"好吧，先让我们看看你所说的'礼'。如果是无聊的东西，到时你可要做好思想准备。对我们的侮辱需要用你的骨肉来弥补。"

"非常感谢您能给我这个机会。"周公旦自信地说。

周公旦打算和此地的神灵及於菟的祖灵接触。

周公旦暗想,"与其说周礼,不如说是我构建的礼,在此地是否能通用呢?"他想尝试一下,也想赌上一把。

周公旦的思维意识总是涵盖天下。他坚信,如果"礼"本身没有问题,应该适用于任何地方的任何部族。"礼"不能只限于一个国家或一个部族信守,不能如此偏颇,如果不能被全天下接受,周公旦理想中的礼治就失去了意义。如果"礼"具有普遍性,那在任何地域都应该能通用。

除了鼓之外,此地没有周公旦熟悉的礼器。执行"礼"的只有周公旦一人,他需要将自己作为礼器。周公旦决定借用这里的岩洞斋戒。

当天,周公旦堆土设坛,在上面设置座席。於菟的巫师对周公旦的"礼"充满了兴趣。

"不需要供品吗?"有人过来问。

"不需要。"周公旦答道。

不过,为了向荆楚的巫师表明这也是巫术,周公旦决定将白骨化的人头摆在四周。实际上对周公旦而言这些东西完全没有必要,但在楚地,没有人牲的活动不能算作"礼"。然后周公旦提出想要酒。

用头盖骨制成的器皿中倒满了酒,周公旦用手指蘸上酒向四方弹酒,然后将剩下的酒一饮而尽。

在於菟的首领及巫师们的注视下,周公旦面北而坐。

"地神呀,请您出来!於菟的祖先们,请您出来实现我

# 第七章

的心愿。"周公旦祈祷着进入冥想状态。没有太鼓,没有舞蹈,没有杀人,此时醉意袭来,头晕目眩。周公旦紧闭双眼,运用意识的力量目不转睛地盯着地下,身体一动不动。

周公旦潜入地下。有几位巫师看出周公旦的意识降到了地下,他们判断周公旦正在"招魂"。

但对荆楚的巫师而言,完全无法设想能在没有歌舞的喧嚣下招魂。在他们的常识中,楚地的神灵喜好狂热的喧闹,在欢乐场面的诱导下才有可能招来魂灵,周公旦那样的做法必定会失败。

"招魂"及"复礼"并非异礼,中原的巫师也经常举行。周公旦只是静静地坐着搜寻神灵。

周公旦已经与地神寒暄,并找出了於菟的祖灵,正在招唤。他的上半身突然伏地,片刻之后又慢慢地挺起上身,此时神灵附体了。

"虎契。"周公旦口中发出了粗犷的声音。围观的人一片骚动,因为虎契是於菟首领的本名,周公旦应该并不知晓。

这个嗓音与虎契父祖的声音一模一样,於菟的首领慌忙跪拜。

周公旦依然紧闭双眼。

"是父祖吗?"於菟的首领问道。

"你还喊我父祖!你,是否礼遇此人?"

"但,但此人是周人,对我们提出了无理要求。"

"虎契，此人所说的绝非无理要求，那是为我们荆楚好。"

"可是……"

"此人没有私心，满怀诚意且志在天下。若与此人的壮志相比，你等就是井底之蛙，不可相提并论。"

"噢……可是，此人与熊绎等人合谋，扬言要来攻击我们。对我们一族而言，这是绝对不可允许的事情。"

"你既然是族长，就要眼光长远。的确，如果现在北方人前来攻击，我们或许不会被打败，但日后又会如何呢？虎契，荆楚的战士确实刚强勇猛，但胸无大志，眼光只局限于荆楚内部。长此以往，就像江岸会被江水冲刷削减一样，荆楚早晚会被北方人逐步侵夺。如果荆楚内部不想谋求团结合力，即便和联合起来的弱者相比，也必然处于劣势。此人有能力联合北方的力量，事实上他也是这样做的。荆楚早晚会被这个男人的部族夺取。虎契，你明白吗！荆楚如果没有统合的主君，终究有一天会被周人吞灭。"

"嗯……"

"荆楚之地同样需要能与北部匹敌的国家，荆楚也需要主君，这样不仅能够防御周人等北方势力，甚至有可能将他们也纳入荆楚的势力范围。虎契啊，我们一族不能永远满足于统领此地，要向北方扩展。如若实现力量统合，荆楚也能够夺取广阔的天下。"

"啊！"

## 第七章

"具体理由先暂且不论,此人来到此地就是为告诉我们这个道理。真是一位奇特愚蠢之人,最终结果或许会对他们自己不利,但他却担心荆楚,建议我们创建国家。如果你无视此人的建议,荆楚会被北方人蚕食。你仔细想想!虎契,从这个男人身上学到的东西绝不会白费。如果不虚心请教,只会受到诅咒。这就是我给你们子孙的忠告。"

於菟的首领和巫师们,早已心怀畏惧,跪地叩拜。

父祖的声音中断了。周公旦吐出刚才喝的酒,剧烈呕吐后倒在地上。

周公旦运用的是招魂术,但於菟父祖的话一半是周公旦想说的。找到於菟父祖的魂灵后,周公旦借助他的声音说出了自己的想法。而要做到这一点,需要强大的意志力。但可以确定的是,其中一半也是父祖的意思,否则周公旦一句话都不可能说出来。

在於菟首领的命令下,倒在地上的周公旦被小心翼翼地抬到贵宾室休息。

因为周公旦将荆楚的地神和於菟的父祖灵魂拉入体内,这会让他的身体承受一段时间的痛苦。荆楚的神灵也非同一般,如果是单纯地拉入体内还好,关键是还让他们按照周公旦的意思说话,必然会造成身体极大的消耗。

周公旦一边承受着痛苦,一边愧疚地想:"虽说是没有办法,但这样做确实是对鬼神失敬。"

两天之后，周公旦的精神状态逐渐恢复，看来荆楚的神灵原谅了周公旦这种带有欺骗性质的招魂行为。

与此前大不相同，周公旦与於菟的首领再次会面时受到了隆重的款待，并且大摆宴席。席上的新鲜肉菜，据说是用刚捕获的异族人肉制作而成，还有美女陪伴。周公旦婉言拒绝人肉和美女，欣然享用其他的美酒佳肴。

"周公啊，你的礼术，我们看得很清楚。能够以那样的方式展示祖灵，荆楚的巫师也很难做到，确实折服了。"

"当时我自己灵魂出窍，完全不记得说了些什么。如果我的言行对祖灵有失礼之处，还请对我进行惩罚，也请您能原谅。"

"哪里哪里，父祖让我向你学习。"

"我几乎没有什么能够教给你的。"

"好吧，那就请你转告熊绎，再容我考虑一下。我会安排巫师占卜，然后尽快回复。"

"悉听尊便。"

周公旦带着大量的礼物回到了熊绎的城邑。

熊绎并没有掩饰内心的惊讶。

"您竟然能平安回来。"

熊绎一直认为，搞不好周公旦会被杀掉，如果只是被挖掉双眼之类，就算是幸运了。没想到他不仅毫发未损，还让於菟的首领退让了一步。

"你用了怎样的魔法？"

"哪有魔法？我只是陈述辞令，循'礼'行事。"周公旦若无其事地说。

"那些人不可能被普通的巫术欺骗。"

"如果我们遵循'礼'，对方也只能遵循。不管是友好使者还是宣战使者，作为'礼'都是如此。这就是我所说的'礼'的力量。"

熊绎依然难以置信，于是向跟随周公旦同去的翻译兼监视人询问事情的来龙去脉。

周公旦曾向於菟暗示，熊绎与周建立了关系，这一点确实属于欺诈，但能让於菟认可，此事也非同一般。

"真的是招魂之后事情就谈妥了吗？"

"具体我也不太清楚。於菟应该很快会派来使者，那时就能知道双方能否联合了。"

熊绎陷入沉思，"於菟不可能老老实实地听从吧"。

假设熊绎能与於菟部族建立联盟，就能统一荆楚三分之一以上的土地。

几天后，於菟的使者到来，提出建议，希望对长年来的敌对关系既往不咎。

"这一切都是为了维护荆楚之地，虽说独立不羁是我们引以为豪的特点，但考虑到天下，荆楚如若能够团结并积蓄力量，也不是坏事，同时这也是我们父祖的愿望。"

事到如今，熊绎依然难以相信，因为他对於菟抱有成见，认为他们随时会背信弃义。

"关键是他们只字未提要服从我。"

周公旦说道："这个问题并非一朝一夕可以解决的。熊绎大人，今后你要不断教导於菟人，要做坚定的盟友，这才是王者的器量。"

"用什么来教导？"

"当然是'礼'。"

"你确实用所谓的'礼'约束了於菟。"

熊绎终于开始认真听从周公旦的意见。他想亲自统合荆楚，并着手整备国家体制的基础。

"我能够成为荆楚之主。"不难想象，在这种想法的驱动下，熊绎的野心在不断地膨胀。

另外，熊绎在佩服周公旦的同时也感到恐惧。如果周以此种方式试图支配荆楚，目前彼此之间关系松散的强大部族，或许会分别归属于周。在周公旦所说的"礼"的力量下，不能否认这种可能性的存在。

看来南人必须考虑建国之事了，这是大势所趋，也许於菟的首领也是出于这种考虑。

"周公，如果要在荆楚建立大国，接下来我需要做什么？"

"需要广泛提倡及普及'礼'与'德'，如果这样，服从你的人会越来越多。"

## 第七章

熊绎故意刁难道:"北方的周也会服从于我吗?"

"这不太可能。荆楚在各个方面都没有能力与周对抗,特别是'礼'。况且王业不是一朝一夕间就能建成的易事。"

"周公,你会协助我吗?"

"在我有生之年会协助你。但我是周朝之臣,不会做对周不利的事情。"

熊绎并没有生气。

"你的意思是说,荆楚部族的统一不会对周朝不利?"

"不会。"

对周而言,首先希望能够与充满危险的神秘楚地实现交流与对话。为了实现这一目标,楚地最好能有具备一定势力的代表,如果通过此人来搭建与楚的关系,将是一条捷径。

如果楚地有势力牢固的统治者,并且能够与之建立关系,楚地在周人眼中将不再是令人恐怖的地域。这对楚而言也是如此,通过彼此了解可以消除恐惧与疑虑,进而以"礼"推行国交,军事冲突的危险性也能降低。周公旦正是为实现这一目标才来到楚地,并将之作为自己最后一项工作。

周公旦越来越受到尊重与礼遇,成了熊绎的政治顾问,经常解答他的各种询问。熊绎希望将来能在荆楚建立不亚于中原之国的统一国家,决定先向周公旦学习。

## 周公旦

"熊绎大人,第一步你需要占领荆楚的主要地带,如果事情有了眉目,周朝也会对你的事业出手相助。"

周公旦讲述了殷的国家特点及灭亡过程,然后更为详细地介绍了周的建国意义及势力范围。熊绎的脑中原本只有长江流域,现在逐渐意识到天下的广阔。

"如果和周朝冲突对立,情况应该不妙。"不知不觉中,熊绎的思维已被周公旦的话术操控。

周公旦逃到楚地之后,眨眼间过了一年半。周朝镐京的宫廷内,此时已是相当混乱。成王能在王位上顺利理政,正是因为背后有周公旦的政治辅佐,而在贤臣被疏远,无能佞臣拥有更多发言权的情况下,必然会破绽百出。

周公旦消失之后,宫廷内部家臣间的微妙平衡很快崩塌,接下来外戚开始干预政事、左右政局。如果不能妥善处理与各地封建领主的利害关系,国内形势将立刻变得岌岌可危。靠佞臣们的策略只能解决一时的问题,而无法从根本上消除问题,尚未到十岁的成王只能被随意操控。

另外还有不少尚未服从周的蛮夷,在多地引发暴动,其中位于荆楚国境的蛮族最多,宫廷内部已是焦头烂额。

"反正大家都觉得我能力不够。"成王发起了孩子脾气,甚至想撒手不管。"要是叔父在就好了。"事到如今,成王终于意识到周公旦是如何的尽心辅佐自己并妥善治理朝政的。

## 第七章

"叔父太不负责任，丢下我逃走了。"成王不讲道理地发怒了。

在这种时候，成王再次收到周公旦从荆楚送来的帛书，知道他安然无事，而且竟然还在辅佐楚国领主。但是，因为忌惮周公旦而将他赶走的人正是成王自己。

"叔父不会是想依靠荆蛮来报复周吧。"

"不，不会吧。"佞臣们也对这种可能性感到毛骨悚然，逐渐不再敢在宫廷露面。

镐京的混乱状况，让太公望吕尚和召公奭实在无法置若罔闻，二人开始向成王谏言。

被尊称为师尚父并曾担任文王、武王之师的吕尚，对成王斥责道："您该清醒了。"

太保召公奭也直言道："此次之事，原因在于大王您听信谗言，怀疑周公，还想给他治罪。"

看到两大开国元勋都满脸怒气，成王也只能乖乖地低下头。

"叔父成了荆蛮的家臣，将会威胁到我们周朝。"

"据我所知，周公绝不会做这等不义之事。"召公奭断言道。

这时，太史战战兢兢地走过来说，"有件东西想让大王过目"。然后将成王带到了府库，从里面拿出了金縢。

"周公严令不让取出，您打开看看吧。"

## 周公旦

金縢中装着成王生病时周公旦为了祈祷他的病愈,欲将自己的生命献给黄河的祈祷文。

到了此时,成王也意识到了自己的不成熟与错误,当场倒地哭泣。大哭一场后说道:

"叔父会原谅我吗?他肯定不会原谅我的。"

召公奭说:"不会的,现在还为时不晚,赶紧跟周公和好吧。"

"还能行吗?"

"您要表现出不亚于周公的诚意,最好尽快给荆楚写信,发自内心地真诚道歉,这样周公必定会回来。"

成王马上这样做了。

收到信后,周公旦对熊绎说,"我必须告辞了"。

"你要回去吗?能想办法不回去吗?我还有许多事情要向你请教。"

熊绎对周公旦已是心服口服。

"我的主君命令我回去。很遗憾,实在没有办法留下。我已经大致为您讲解周朝的建国之法,而且我们还有机会再见面。"

"是吗?"

周公旦向熊绎传授了礼、文、乐,并且告诫他不要再回到野蛮的状态。

"最后我再提一个建议。等你的国家体制完善到一定程

## 第七章

度后，希望你能臣服于周。"

"让我做臣子？我并不打算如此降低自己的身份。"

"如果您这样想，荆楚的统一将会停滞不前。应该换一个角度，臣服之礼能够暂时遏制荆楚诸侯，如果您的国家被认为能够与周朝附属列国并肩，就能提高政治上的地位。这样吧，熊绎大人，如果日后您认为周是不值得去臣服的国家，届时尽可随意。"

通过在此地近两年的生活，周公旦已明白，荆楚不可能完全臣服。并没有具体的原因，只是因为文化之间差异巨大，短期之内，南人不可能与周人有相同的思维模式或交流活动。荆楚之地的巫师地位过高，以奔放不羁为自豪的荆楚，其内部统一原本就是不易实现的难题，在现阶段，周朝若想完全实现楚地的臣服，是绝不可能的事情。

如果这样的话，只能用"礼"，武力解决是下策。通过让他们知"礼"的方式，实现楚地的自然接受，目前这应该是最好的办法。

在中国历史上，从未有过单一的民族持续掌控政权。可以说，中国一直是多民族国家。但是，中国能作为"中华"拥有悠久的历史，是因为将中国文明渗透的地域全都看作中华版图。中国文化，换言之，就是通过汉文化的渗透，将当地民众判定为中国人，吸收采纳了中国的制度及文化的地域，就是准中国。

## 周公旦

核心思想是，接受中国文化的地区即是中华的一部分。且毋庸赘言，中国文化的根基是"礼"，只要有"礼"就能实现正常国交。最初采用这种做法的是周王朝，周公旦则是率先实施的第一人。不论在怎样的边境，只要有一位君子能够传播"礼"，那里便不再是边境，周边会一步步地变为中国。

将来，楚地极有可能在发展壮大后成为威胁周朝的力量，周公旦的行为或许是播下危险的种子。虽然目前楚国是单纯的模仿状态，但如果成了知"礼"的文明国，至少不会行事粗暴，即便关系恶化，仍会存在谈判和商量的余地，危机也可以通过外交努力设法克服，这就是周公旦的愿望吧。

在周公旦离别之时，熊绎说道："周公，只要你在周朝，周就不会成为不足取的国家。"

此后，熊绎获得诸多部落的臣服，统治荆楚约一半土地，拥有了春秋列国中最为广阔的领土，且兵将战斗力无与伦比，其勇猛强悍的程度足以与长江下游的吴越部族相匹敌。

随着国家体制的完备，熊绎将都城移到丹阳，之后又移到郢。熊绎向镐京朝贡，被成王封为子爵，成了文王、武王名下治理楚国的诸侯。

熊绎曾与周公旦的嫡子伯禽、太公望吕尚的嫡子吕伋一同侍奉成王，但由于受到不公正的差别对待感到不满，逐渐脱离周朝。那是周公旦死后的事情。成王大怒，并发兵南征,但并未取得明显成效。成王之后,周也多次发兵讨伐荆楚,胜败皆有。

随着周朝的衰败,楚国开始北进。熊绎之后的第四代熊渠,终于表露本色,不再向周朝隐藏利齿,甚至扬言"我蛮夷也,不与中国之号谥"。

意思是,"我们是蛮族,与周朝的爵号或谥号没有关系"。

天下只有一位主君,按说理应是周王,但熊渠让三个儿子全都分别称王。此时的周朝已经无力制约楚,楚国成了战国时期争霸的最强力量,直接灭掉了周公旦的封地鲁国,这确实具有讽刺意义。

周公旦认为,周礼能够成为解决世间一切问题的手段,并殚精竭虑地全力编制。然而随着周朝的衰败,周礼也随之没落,逐渐变形,丧失了本色。

在大约五百年后,鲁国出现了孔子,他成了周公旦的信奉者,立志要恢复周礼,但在春秋末期的社会背景下,似乎为时已晚。孔子竭尽全力想保存周礼,被后人尊为"至圣"。

# 第八章

周朝的天下像平静的海面一样平稳安定。

经过周公旦那次极具冒险色彩的亡命事件之后，荆楚不再像以前那样充满迷雾，逐渐成了有可能邦交的国家。

周公旦在成王的请求下回到周朝，但二人的良好关系只维持了短暂的一段。周公旦回归后，二人随之也产生了矛盾，成王虽然不再受佞臣的操控，但依然时常对周公旦产生厌恶情绪。

周公旦再次意识到，开国元勋最好不要留在主君身边，自己也应该像太公望吕尚及召公奭那样远离都城。

周公旦察觉之后便尽量与成王保持距离，选择居住在雒邑处理中原及东方的政务，这里后来被称为"成周"。成王所在的镐京被称为"宗周"，自然而然地主要处理西方与北方的政务。在数年间，成周和宗周宛如两个同时并存的政府。

周公旦做任何的裁决时，都必定要通知成王获得许可，绝不会僭越。在成王看来，诸侯似乎更看重成周，当然会心中不悦。

周公旦心想："如果兄长没有英年早逝，我理应早已离开都城身在鲁地了，那样的话，成周的存在也就根本没有必要了。"由于武王的早亡，周公旦只能辅佐幼主并掌管权政，但这绝非他自己希望的结果。

但如果当时周公旦不担任摄政，现在的周朝肯定不复存在。或是被太公望吕尚夺取，或是召公奭，也或者是武庚禄父及三监，总之天下应该不会在成王手中。

天下，殷朝丢掉，继而被周朝捡起，这种结果真的好吗？

周公旦还撰写了《酒诰》等文，大力批判"殷人因饮酒过多而灭国"，但这对周公旦而言，也算是意气用事的一种表现。

周公旦年事已高，意志有些薄弱，明知无用仍会时而抱怨："如果兄长健在……"

即便是风和日丽的海面，也并非完全风平浪静，不能说天下已经彻底没有问题。楚国虽然表现出臣服的姿态，但吴、越等地依然不安定。在北部及西部边境，戎狄时常骚扰民众。但解决这些问题的人必须是成王，如果由周公旦去做，则不足为范。而且周公旦也没有事事代办的气力了。

鲁公伯禽去镐京见成王，回鲁的途中到了雒邑。

周公旦

之前伯禽代替父亲正式成为鲁公的时候，周公旦曾告诫他："我是文王之子，武王之弟，当今主君（成王）之叔父，可谓并非天下的卑贱之人。但即便是我，依然要常思礼求贤人。如果在洗发时有客人来访，我会三次握着未洗好的头发去见客。如果吃饭时有客人来访，我会三次吐出口中食物离席，尽量礼贤下士。即便如此，他依然担心失去天下的贤能义士。伯禽，你到鲁国后切不可以国君自居而慢待天下人。"

周公旦询问了伯禽鲁国当时的状况，听完介绍后，深感鲁国发展较为落后。听了父亲指出的问题后，伯禽回答道："我遵循父亲的教导，改革民俗及礼乐，将服丧定为三年，所以导致发展的缓慢。"

三监之乱的时候，徐夷部族趁机反叛，对鲁的周边造成威胁。周公旦和伯禽只能亲自率军讨伐镇压。即便将这些因素考虑进来，鲁国的发展依然较为迟缓。

此前与太公望吕尚会面时，周公旦同样询问过齐国的情况。在清除莱人等土著势力的隐患后，齐国取得了突飞猛进的发展。

周公旦问道："师尚父，你治国为何能如此快速取得成效？"

吕尚回答道："每个地区都有当地的风俗，作为领主不能对此视而不见。因此，我简化了君臣之礼，按照当地民众的风俗制定了政令，能够快速治国的原因或许就在于此。"

## 第八章

吕尚自年轻时云游天下，尝尽世间辛苦，深知黎民百姓的特点。而且吕尚智谋超群，具有杰出的经营才能，齐国取得快速发展也不足为奇。

对比了吕尚的齐国和儿子的鲁国，周公旦对二者的快慢悬殊感慨道："呜呼，鲁后世其北面事齐矣！"

周公旦预言鲁国将来会被齐国压倒，鲁国后代要当齐国的臣民。

随后他忠告伯禽："去新的封地赴任之时，政令要尽量简易，如果勉强套用中央的制度，百姓难以适应。只有政令平和易行，百姓才会对领主产生亲近感，并心悦诚服地归附。之后如果想引入中央的制度或做法，也为时不晚。"

吕尚利用东海的鱼盐之利，力图将齐国发展为经济大国。而伯禽并不具备这样的才能，他希望逐步建立以农业为本的国家。

周公旦自我安慰地想："这也没有办法，也许这样也不错，我们一族原本是后稷的后代，适合依靠土地的果实生存。"

伯禽还向周公旦汇报，吕尚给儿子提亲，自己也答应了。在政治策略方面，吕尚总能先发制人，包括鲁齐的政治联姻。

"这是喜事，自古以来，我们姬姓与姜姓有多次联姻。"周公旦这样说实际上是为了让伯禽安心，但他心中暗想，如果让伯禽在政略方面与师尚父竞争，根本不可能占上风。

周公旦不是鲁公，今后的事情只能委托给伯禽及其子孙。

成王之后的几代被称为周朝的黄金期，周王家讴歌着王朝的鼎盛。成王并非无能平庸的君主，在周公旦和召公奭等人的精心辅佐下（尽管他本人曾有逆反心理）成了一代明君，最终跨越守业难关。

《周官》是完整记录周朝官制的书籍，周公旦完成这部书的编纂后便离开雒邑，基本不再干预政务。他在丰邑的家中闭门不出，专心编写礼制之书——《周礼》，并将之作为自己最后的事业。成王终于成长为名副其实的主君，周公旦对此也甚感欣慰。

丰邑和镐京一样，都是周朝初期首都级别的城邑，所以成王也会时常在丰邑逗留，并去周公旦的府邸拜访。每次见面，成王都会发觉周公旦白发增多，日渐衰老，内心不禁五味杂陈。完全不用担心周公旦日后会夺取成王的政治权力，但对成王而言，身边再也没有像周公旦这样既能教授"礼"又能商量政事的人了，他由此体会到主君的孤独，而这也曾经是周公旦的孤独。作为不到二十岁的年轻人，充满活力的成王对周公旦不再有曾经的敌对心理。

"叔父，您有时间也来我宫中坐坐。"临走之时，成王面带寂寞地说道。

周公旦隐退之后，他的子孙不敢再称"周公"，改称

第八章

"明公",侍奉于朝廷,主要担任圣职。周公只是周公旦一代的称号。

周公旦在丰邑病倒后很快去世了,殁年不明,享年不明,据说他留下遗言:"务必将我埋葬在成周,希望以此向天下明示,不会离开当今主君的左右。"

但周公旦的遗言并没有被遵循,在成王的命令下,他最终被埋葬在毕地,与文王墓相邻。

此时的成王显然极度悲痛,表现出前所未有的谦逊。

"比起予,更希望叔父能够陪伴文王。予尚不懂事之时即成了主君,是不可救药的不成熟者。予虽不成熟,但要向天下表明,予不会将叔父作为臣下对待。"

成王为周公旦举行了盛大的葬礼,周公旦的尸骨被埋在毕地。

周公旦死后还流传着这样的故事。

周公旦去世的那年秋天,暴风骤雨下,庄稼全部被吹倒,大树也被连根拔起,周朝陷入极度恐慌。太公望吕尚、召公奭等诸侯紧急进京。

成王打算举行占卜,于是身穿礼服,和太史一起在库府里搜寻应对此类异常天象的礼书,他们认为周公旦肯定会留下相关文字。

在府库最里面,发现了布满灰尘的金縢。打开一看,里

187

面是周公旦祈祷武王病愈的祈祷文和卜卦。周公旦严令身边人不许提及这个箱子，连太公望吕尚、召公奭等人对此也一无所知。成王询问了史官执事，其中有几个人知晓，他们回答道："已故周公严禁我们说出此事，已故周公为武王祈祷的内容都写在这上面。"

成王读了祈祷文，感受到了其中的苦衷与诚意，同时体察到周公旦不得已隐藏此文的缘由。成王拿着祈祷文哭泣道："对于此次的天变，需要重新进行龟卜，这并非凶事。此前叔父为了王室鞠躬尽瘁，予过于年少，不知具体详情。今日上天突发天变，由此彰显叔父的德行。予需谦迎叔父的神灵，我们周朝会以礼处之。"

不知何故，成王如此解释天变地异的原因，并举办郊祀迎接周公旦的魂灵，祭祀上天。

不可思议的事情发生了，暴风雨很快停息，一切恢复平静，倒地的农作物全部立起并充满生机。成王命令吕尚和召公奭将倒地的大树立起，重新将树根埋在地下，树木又恢复了原样。这一年非但不是灾年，农作物反而获得大丰收。

成王命令鲁公伯禽举办郊祀，这原本是只有天子才能举行的祭祀，还允许鲁国可以祭祀文王。而鲁国能够举办天子规格的礼乐，是因为成王想褒扬周公旦的美德。

在春秋末期，周朝权威落地，天下大权轮流被掌握在强大的诸侯手中，此时鲁国出现了孔子。孔子无比尊崇周公旦，甚至将他尊为万能的圣人。鲁国，虽然是周公旦从未踏足的土地，却是他的领地，也被特许举办天子之礼。周公旦之所以被后世尊为品德高尚的君子，并在春秋时期被誉为最高的政治家，与孔子等儒者的偏重宣传不无关系。

孔子甚至在梦中立志要成为周公旦那样的人，但他对周公旦做过的事情究竟了解到何等程度，又是如何理解的，这一点我们很难搞清楚。

《论语》中，周公旦的名字被提及的次数出奇地少，仅有四次，且缺乏具体内容。其中对周公旦描述得较为详细的只有一节，即，"子曰：'如有周公之才之美，使骄且吝，其余不足观也已。'"

意思是说，即便有周公那样完美的才能，如果骄傲或吝啬的话，其他方面的美德也失去了价值。

《论语》中只是将周公旦描绘成了完美无缺的模范人物，却没有深入理解这个人物。《论语》中关于人物的批判和评论原本就少，但对孔子而言，或许觉得对周公旦评头论足本身就是失礼的事情。

周公旦的前半生，也就是殷周之间的宿命战争期间，周公旦的名字几乎不为人知。他在武王死后才开始崭露头角。

周公旦的后半生，一直支撑着面临严重崩溃危机的周王朝，辅佐成王并巩固国家基础，可以说为此殚精竭虑。他被

周公旦

赋予履行完成文王、武王未竟事业的使命，在此意义上，完全可以说周公旦是文、武之后的第三代周王。

制定礼乐是周公旦最为重要的策略之一。通过"礼"的制定，营造出各地各诸侯联系往来之时的"共通文化"，并以此为润滑剂促进各国间的交往，就结果而言是成功的政治策略。而周公旦的一生却可以说是苦心惨淡，没有丝毫的掌握最高权力者的喜悦。

《鸱鸮》中有如下诗句：

迨天之未阴雨，
彻彼桑土，
绸缪牖户。
今女下民，
或敢侮予？

（趁着没下雨，赶快剥些桑根皮，修补好门窗。现在你们这些人，谁敢再来侮辱我？）

周公旦正是为此呕心沥血，终其一生。

# 主要参考文献

《诗经国风·书经》，世界古典文学全集，筑摩书房
《论语》，鉴赏中国的古典，角川书店
《书经》，新释汉文大系，明治书院
《楚辞》，新释汉文大系，明治书院
《礼记》，新释汉文大系，明治书院
《诗经·楚辞》，中国古典文学大系，平凡社
《史记会注考证》，泷川龟太郎，洪氏出版社
《史记》，中国古典文学大系，平凡社
《诗经国风》，白川静，平凡社
《诗经雅颂》，白川静，平凡社
《甲骨文的世界》，白川静，平凡社
《金文的世界》，白川静，平凡社
《中国的神话》，白川静，中央公论社
《中国的历史》，陈舜臣，讲谈社